译文纪实

過労死
その仕事、命より大切ですか

牧内昇平

［日］牧内昇平 著　　　梅新枝 译

过劳死

这份工作比命还重要？

上海译文出版社

前　言

我　的　梦　想

长大以后
我想成为博士
然后制造一台时光机
就像《哆啦A梦》故事里那样

我就能
乘坐时光机
回到那一天
回到父亲死前的那一天
然后
对他说
"不能去上班呀"

这是小马说的话，这个6岁的男孩失去了自己的父亲。他在看电视的时候不经意地嘀咕，他的母亲在本子上记下了这些话。小马的父亲因为超负荷工作而选择自杀，死前似乎已罹患严重的抑郁症。他的死亡就是所谓的"过劳死"，更具体地说是"过劳自杀"。小马父亲是2000年3月逝世的，现在已过去将近20年，这首《我的梦想》作为象征着过劳死遗属思念故人的诗，至今依旧广为传诵。

"对他说/'不能去上班呀'"

每次读到这里，我都会热泪盈眶。小马最喜欢的父亲突然离世。他留下深爱的妻子，无奈地了结了自己的生命。一想到母子俩的感受我心里就十分痛苦。人明明是为了生活，为了追求幸福而努力工作的……

2012年秋天，作为新闻记者的我第一次读到《我的梦想》，是在参与"关注全国过劳死问题家族协会"（以下简称"家族协会"），对遗属群体进行采访的时候。

当时，家族协会的成员们正在收集签名，为的是制定一部可以实现零过劳死的法律。该法律条文确保国家、自治体、企业等组织齐心协力，向着零过劳死的目标共同迈进。我当时计划根据采访撰写一篇新闻报道。

说来惭愧，当时我对过劳死只有泛泛的了解，仅通过报道知道每年有超过100人因脑部或心脏疾病导致过劳死，从而被认定为工伤事故。职场欺凌、骚扰行为（即"职权霸凌"）固然也正逐渐成为社会问题，但我那时还没有认真思考过这类事件。

最初我抱着"好像能写出一篇报道"的想法申请了采访，家族协会成员就让我一同参与了在都内举办的签名收集仪式。在那里，我读到了《我的梦想》。我不太记得具体情况了，这首诗好像是印在遗属分发给大家签名用的纸上或者宣传册上的。

"对他说/'不能去上班呀'"

自从第一次读到这首诗，我就一直忘不了小马说的话。因为生性迟钝，要说我感到"有如雷劈"也不是很恰当，但当时这首诗确实在我心中留下了强烈的印象。而且，随着时间的推移，它的存在感还慢慢增强了。

这种变化可能也和我个人的一些情况有关。那时，我们家刚刚迎来第一个孩子。由于工作繁忙，我几乎都顾不上家里，抚养孩子的重任和压力全都由妻子一个人承担。妻子虽然对抚养我们的第一个孩子感到莫大的喜悦，但她的身心健康也逐渐受到了负面影响。

妻儿的面孔和小马的话叠加在一起。要是我现在死了的话，母子俩该如何是好？即使运气不错，我自己身体无恙，但是如果妻子的健康反而受到损害，那我的工作又有什么价值？我无法正视小马的这些话，也从中看到了自己任性自私的一面。

就这样，我渐渐地把过劳死看作"自己的事"。虽然自己的错已经让妻子的身体状态变差了，但还没有想象过最坏的结果会是"死亡"，为此我感到极其难为情。

从那以后，我决定改过自新。我开始思考自己的人生中工作和家庭孰轻孰重，工作中遇到会给家庭增加负担的任务时也开始请同事代劳。然后，在家族协会成员以及致力于解决这方面问题的律师帮助下，我开始撰写有关过劳死的报道。

开始采访后，我的第一感受就是"我也很危险"。我本人的工作方式就长期徘徊在所谓"过劳死红线"（每月加班80小时）

上下，而且我完全不清楚自己的加班时长，这就已经进入了非常令人担忧的状态。不仅有过劳死的危险，我当时可能还有一些抑郁症的征兆。例如，睡觉时的梦话都在说工作，周末要是没有公务，就会因为"今天没工作"而感到自责。与遗属们描述的已故家人有些相似，那时的我也处于随时随地都有可能倒下的状态。

我在报纸上刊登过几次连载文章，算上没能在报道中直接介绍的人，至今已经与多达50位遗属进行过交流。虽然这里只是很简单地写着"进行过交流"，但我能感受到对遗属来说，分享自己的经历是一件非常痛苦的事。大家流着眼泪给我讲述故事，我则强忍住泪水努力在笔记本上记下那一切。

本书将要介绍的就是这样11位我通过采访了解到的逝者，由此来展开他们的生命轨迹以及遗属在丧亲之后的生活。

本书的主要着眼点在于将过劳死或职权霸凌致死事件作为"自己的事"进行思考。如前所述，通过报纸或电视节目的报道，人们了解到存在很多过劳死案例。然而，只有牺牲者的数字，还不足以让读者和观众充分理解实情。至少我在还没有读到《我的梦想》，还没有采访过遗属的时候，并没有多少感触。逝去的人是以什么样的心情工作、承受痛苦的呢？被留下来的家人又是以什么样的心情度过余生的呢？只有理解这些事以后，人们才能切实体会到逝去生命的分量。相比有字数限制的新闻报道，书籍才能充分讲述他们每一个人的故事。

你自己或家人当中，有没有因为长时间加班或是办公室职权霸凌而感到痛苦的人呢？朋友或者同事有没有遇到类似情况呢？在你想着"哎呀，总能挺过去吧"的时候，不幸可能就在明天突然降临。如果能够提高对危险的认识，那么从今天开始，你的工作方式、待人接物的方式一定会有所改变。

"过劳死"一词最早在1980年代开始广为流传。虽然已经过去30多年，如今依然有很多人被繁重的工作夺去性命。我们的社会应该以此为耻。我们必须尽自己最大的努力，从根源上杜绝这种荒谬的现象。我希望本书能够成为行动的催化剂之一。

书中出现的各位人物，其姓名已根据本人意愿以化名或缩写的方式作了适当修改，年龄以采访当时为准。只有在劳动基准监督局或法院判定当事人死亡与工作之间存在因果关系的情况下，我才会以实际名字记载过世员工的所属单位。第八章中提到的日本邮政，考虑到其业务的特殊性，我认为有必要使用实名。

目 录

第一章　抛下幼子离世的市政府职员

　　塚田浩先生（化名）是和歌山县地方政府的职员，他的儿子小马写了《我的梦想》一诗。塚田先生被堆积如山的工作压得身心俱疲，于2000年3月结束了自己的生命，时年46岁。他因为超负荷的工作而罹患抑郁症，最终走向了死亡，可以说是"过劳自杀"的典型案例。"我就能/乘坐时光机/回到那一天/回到父亲死前的那一天。"小马满怀思念的"父亲"是一个什么样的人呢？

前往纪伊国

　　南海电气铁道的高野线从位于大阪正中心的"难波站"发车。穿过商业街和住宅区，靠近第29站天见站的时候，包围着列车的绿色植被也越发茂密、幽深。驶过天见站，再通过几个隧道，列车会经过大阪及和歌山县内，越过纪见岭。正对着纪见岭和歌山一侧入口处的城市，就是养育了塚田浩先生的桥本市。桥本市约有人口63 000人（截至2018年），位于弘法大师空海修行、开创密宗的高野山脚，是全国数一数二的柿子产地。

　　2015年10月，我第一次到访桥本市。

　　正如我在本书序言中所写，2012年的秋天我读到了《我的梦想》，心神大受震撼，之后大约过了3年才动手写作。其实本想更早一些开始采访工作，但之前很难与塚田先生家取得联系。

　　这一领域的采访一般都是先由前文所提到的"关注全国过劳死问题家族协会"（简称"家族协会"）安排推动，或是由熟知过劳死问题的律师介绍遗属与我认识。最初我也请求过家族协会的人为我介绍塚田家人，但收到了"当事人对采访不甚感兴趣"的回复，被委婉地拒绝了。

当然，被婉拒我也没有办法，毕竟谈论已逝家人的经历应该非常痛苦，也不是我能够强行促成的。而且，小马还是学生，还不知道接受媒体采访会如何影响他将来的人生。家人们的慎重态度也是理所当然。

既然如此，我便暂时放下了撰写塚田先生故事的计划，转而在其他遗属的协助下撰写了关于过劳死的报道。采访工作开展期间，我与各地家族协会成员的交往也逐渐深厚。或许是我的所作所为得到了认可，2015年夏天正准备重新修订"过劳死遗属的思念"主题系列报道的时候，家族协会的代表寺西笑子女士转告我说，可以采访塚田先生的家人。她说想要采访小马比较困难，但是已故浩先生的妻子美智子女士（化名）愿意和我聊一聊。于是，我从东京站出发，乘坐新干线飞驰而去。

我乘上东海道新干线的首发列车"希望号"前往大阪。按照对方邮件中的指示从高野线的车站下来时，我看到盛夏般炎炎烈日下，头戴草帽的美智子女士已在站台等候。从车站步行几分钟后，我们到达了100多年前由负责神社佛阁建筑的宫大工所建造的大房子前。跨过门槛，脱下鞋子后，浩先生的母亲冬子女士带着微笑迎接了我。

采访过劳死遗属的时候，我首先会在逝者的牌位前敬香，向逝者本人介绍自己。因为我认为，这是向他们传达"我要以你们的故事写报道了"的一种礼仪。

牌位前通常都会摆着遗照，一般能通过遗照看出逝者的性格。我在牌位前双手合十的时候，第一次见到了塚田浩先生的照片。他留着三七分的发型，戴着一副眼镜，面带微笑。他脸上自然放松的笑容，似乎是在缓解我马上要进行重大采访的紧张心情。

美智子女士在一旁苦笑着告诉我，照片上的表情很好，但是很遗憾拍摄失焦了。

"他很喜欢摄影，所以拍了很多小朋友和周边风景的照片，自己却几乎没有拍照，留下的全都是对焦模糊的照片。"

之后的几个小时中，美智子女士根据事先准备好的资料，为我描述了塚田浩先生的工作情况和性格为人，讲述了这个家庭在失去顶梁柱后又是如何度日的。

温柔的爸爸

"他是一个又温柔又认真的人，我们两人聊天的时候，他总是正视我的脸，用心听我说话。"美智子女士这样描述自己的丈夫。

浩先生是米铺老板的长子，毕业于本地的桥本高中，升入兵库县的关西学院大学后，4年间一直乘坐电车往返于自己家和西宫市的校区之间。1977年毕业后他留在了家乡，入职桥本市政府，参与水道管理、税金事务、养老金事务等工作，本分真诚的性格被大家所赏识，身边不管哪个部门的人都非常信赖他。

家庭生活中，浩先生是一位宠爱孩子的爸爸。

1987年，浩先生与美智子女士结婚，次年大女儿出生。"名字是孩子出生以后收到的第一份礼物"，浩先生这么说着，购入了7本取名用的参考书。休息日里他用胶片相机追逐着女儿的身影，到孩子1岁时已经积累了10多本相册。两年后，妻子怀上了期待已久的男孩，孩子却在出生几小时后夭折。妻子躺在病床上泪流满面，浩先生在妻子面前一副平静的样子，但其实亲戚们说，他回到家抱着冰冷的婴儿，一整晚都在哭着乞求"做我的儿子吧"。

一家人怀着悲伤的心情度过3年后，美智子女士怀上了小马，浩先生自然是欣喜雀跃不已。

喜欢历史的浩先生常常带着还在上幼儿园的小马，到附近的乡土资料馆参观。当时在资料馆上班的前职员还记得浩先生对年幼的儿子热情地介绍各种旧工具的使用方法。

虽然家务基本上都交给了美智子女士，但休息日用电热锅做炒面一直是浩先生的任务。他会一口气炒上全家人吃的分量，做出一道豪爽的"男子汉料理"。孩子们欢呼"爸爸炒面啦"，浩先生总是一脸笑眯眯的样子。夏天周末的时候，他会在自家院子里摆上橡胶游泳池跟孩子们嬉水。这时候，就轮到"爸爸的德式香肠"登场了。因为全家一起去市民游泳池的时候，泳池边贩卖的德式香肠大受欢迎，浩先生就主动扮成摊主大叔的样子售卖小吃。

与个性不合的工作

谁又能想到，这样如画一般的幸福家庭生活会被浩先生的工作破坏呢？

转折点发生在1996年春天，浩先生被分配到"总务管理部文书科",担任科长助理级别的"专员"一职,管理两名下属。此次人事调动给他的人生带来了巨大的变化。

从市政职员的薪资到市内公园的经营管理,都是由代表市政章程的"条例"或者"法规"决定的。不同事务都有各自的负责部门,而文书科的主要工作就是与各部门一起草拟条例和法规的文稿,再提交至市议会讨论。行政文本不可以存在错误或是表达模糊的文字,其他的负责部门虽能做好一线业务却不了解条例文本的草拟方式,因此为了完成没有错误的文稿,文书科的作用至关重要。

浩先生似乎刚调过去就感到文书科的工作与自己个性不合,调动次年,他就通过表达人事意愿的职员申告书陈述道:

"由于我个人能力不足,使得条例制定在行政程序上有所延迟,带来诸多不便,感到非常抱歉。针对信息公开这一有待解决的事项,在目前实行的体制下,说实话我确实感到负担沉重。"

浩先生任职于文书科是1990年代后期,正值国家向地方自治体下放权限的"地方分权"趋势逐渐抬头之时。随之而来要求自治体行政机构透明化,信息公开化的呼声也高了起来。1999年,国家出台了《地方分权总括法》和《信息公开法》等新的法律条文,各自治体也需要制定相关的条例。桥本市自然也不例外,于是文书科的工作量不断增长。

申告书中坦白: 非常痛苦

浩先生第一次感到身体不适是在1999年4月,当时他患上了胃溃疡。医生诊断认为是操心过度,尽管已经休了两周病假,医生仍极力劝说他"应该再多静养一会",但是浩先生坚持回答说:"我要上班。"

"老公,你的性命和工作哪个更重要?拜托你多休息一下。"

美智子女士拼命想阻止丈夫回去工作,但浩先生一副心意已决的样子把头转向一边。

"我一想到堆积如山的工作,就没法在家里安稳地躺着,反而压力更大了。对不起,拜托了,让我去工作吧。"

果然,强行回去工作带来了恶果,半年后的11月,浩先生的胃溃疡复发。即便如此,浩先生也强忍痛苦,坚持工作,没有请假休息。虽然身体非常疲惫,他却睡不着,每天都靠安眠药入睡。

"他在睡梦中也大声说梦话,就像在工作中一样。有时在接电话应答,有时在解说条例文本,说得口齿清楚、声音响亮。"美智子女士这样告诉我。

浩先生本人也感觉到自己的状态已达到了极限。去世前一个多月的2000年1月底,他在申告书里写道:

"工作要求已经超出我的能力范围,我感到非常痛苦。身体已经累垮,趁现在还没有犯下重大失误,我希望调动到其他岗位。"

浩先生的身心都被工作压得喘不过气。这些变化美智子女士也都看在眼里,丈夫的脸色一下子变得很差。原本温厚的性格也消失不见,越来越多地表现出一副急不可耐的样子。

2000年3月,向议会提交的条例草案多如牛毛。一直在市政府工作到晚上八九点也没办法妥善处理好文件,浩先生回家休息了大约1个小时后又接着在书房工作到凌晨1点,第二天早上5点起床。一整天的睡眠时间长的话也就大约4个小时。他去世以后经认定，其最近一个月内（2000年2月）的加班时间为117小时，但加上遗属统计的居家办公时间后攀升至将近200小时。

最后的纸牌游戏

就这样，浩先生基本上失去了和孩子们互动的时间，孩子们也理解爸爸工作很忙。一到休息日，小马就说"因为爸爸在休息"，然后自己出门玩耍。幼儿园2月举办了发表会，其他在市政府工作的爸爸们都来观看孩子表现，浩先生却缺席了。那时候，小马也没有一声埋怨。

这样懂事的小马也有过一次任性的时候，事情发生在距离浩先生去世大约10天前。

当晚，小马听见了浩先生从市政府开车回家的引擎声，就从被窝里爬起来，拿起门口的纸牌，央求着非要爸爸和自己一起玩不可。

当时纸牌游戏在幼儿园大班的孩子们当中很流行，小马在家里也和姐姐或者母亲一起玩过好几次。为了满足难得撒娇的儿子，浩先生晚饭都没吃就读起了纸牌的内容。

"塞翁失马……噢，抢牌速度变快了呢。"

看着小马进步的样子，浩先生笑得眯起了眼睛。目送着小马夺得所有的纸牌后心满意足地回到被窝里，浩先生才草草填饱肚子走进书房。

之后的几天里，小马还想要一起玩纸牌游戏，但美智子女士告诉他"爸爸很累了"，制止了小马的恳求。此后，小马再也没有央求和爸爸一起玩纸牌了。浩先生因为没能参与到抚养孩子的家庭任务中而感到内疚，反复向美智子女士道歉说"抱歉啊"。

"不能休息呀"

同一时期，浩先生时不时会到住在附近的妹妹冈本香织（化名）家拜访。以下是冈本女士在采访时告诉我的内容。

冈本女士的儿子，也就是浩先生的侄子计划那年4月起去东京上大学。浩先生非常疼爱自己的侄子，挂念着他要开始独居生活，带来了装在纸袋里的原汤酱油，说"自己做饭的话能派上用场"。

浩先生会和侄子侄女一起围坐在暖桌边天南地北地聊天，但是冈本家的人们很快注意到，浩先生目光黯淡，眼里没有生气。不知是不是觉得端坐着比较累，浩先生单边手肘撑地，用半躺着的姿势说着话。

"舅舅，你是不是特别累啊？怎么看起来一副身心疲惫的样子，没事吧？"

孩子们忍不住询问情况，浩先生一副自暴自弃的样子说道：

"舅舅我现在的心境，就和那些不想去学校、不想上学的孩子一样。我不想去市政府、不想上班啊。尽管很疲惫，还是有一堆工作要完成啊……"

听到"不想上班"这个说法孩子们很吃惊，因为他们从未想到会从认真踏实的舅舅口中听到这句话。

"这么累不想上班的话，不如请几天假休息一下吧？工作也不只是舅舅一个人的任务，还有上级领导吧。交给其他人完成，你好好休息一下吧。"

面对孩子们这样安慰自己的话，浩先生也只能无力地苦笑。

"我还有不得不完成的工作要带回家做完呀，舅舅我要是休息一天，就会有一天份的任务没法完成。所以，我不能休息呀。"

终究越过了"界限"

这时候的浩先生心里应该是有"不管怎样，努力工作到3月议会前"这样的想法。2000年3月的议会上，仅与地方分权相关的内容就计划要提交16份条例草案。浩先生巴望着，熬过这次议会工作应该就会轻松一些。

谁知就在3月即将召开议会前，文书科殚精竭虑完成的条例草案当中出现了错误。虽然是下属负责起草的那部分出了错，但浩先生感到自己要负起重大责任。原本浩先生的心理状况就岌岌可危，发生这一变故后，他的心情就更加如堕深渊。

2000年是闰年，所以2月有29日。这天早上，看着起床的浩先生一副疲惫不堪的样子，美智子女士再三请求他"别勉强自己，休息一下"，让他又睡下了。想着家里有人的话浩先生可能会睡不好，美智子女士准备好醒来要吃的饭菜后，特意出了门。她把家里的电话也设置为语音留言，从幼儿园接回小马后，也让他在外面玩，以便为浩先生争取休息时间。傍晚时分回到家里，浩先生依然呆呆地躺着。晚饭美智子女士给浩先生做了他最喜欢的烤肉，虽然说着"好吃"，浩先生却没怎么动筷子。

"你看起来特别累，没事吧？明天也请假好好休息吧。身体有没有哪里不舒服？"

美智子女士担心不已，但为了不让气氛变得太沉重，故意装作开玩笑的样子这样说：

"爸爸可是背着一家四口，尤其是还背着像猪一样的我。小心别压垮自己，不要强行增加负担，打起精神好好背着我们才是。要保重身体呀。"

浩先生听到这话不自然地扯了扯嘴角，脸上流露出的表情很难说是在微笑。

第二天3月1日，一早起来便是晴空万里的好天气。

上午8点左右，汽车引擎声响起，美智子女士注意到了即将出门的丈夫。她慌忙赶到家门口，只见一辆银色的轿车驶过车道。都来不及和丈夫打声招呼，美智子女士只能透过车窗瞥见丈夫的背影。浩先生没有招呼一声"我出门了"就直接离家而去。这是夫妻结婚生活13年以来从来没有过的事。

虽然美智子女士非常担心，但她也无能为力，只能在家等待丈夫平安归来。把小马送到幼儿园的时候，美智子女士不经意间抬头，看到一片碧蓝如洗的天空广阔无边。想着至少要让浩先生回家以后心情也晴朗起来，美智子女士在阳台晒上了丈夫的被褥。

然而，浩先生离开自己家以后，在附近的十字路口驶向了与市政府方向相反的路，他的目的地是作为桥本市与大阪府分界线的纪见岭。几小时后，浩先生就在那里结束了自己的生命。

停在他自杀现场附近的车里有一本笔记本，其中留下了写给家人、亲戚和同事的遗书，还有写给时任市长的一封遗书。遗

书中这样写道:

"工作上事事都强加给我,真的每天都很痛苦。找我谈心的职员有好几十人,而我却找不到可以谈心诉苦的人。(省略)我的下属也在努力帮忙完成工作,但是现在想想一开始就应该自己来做的。已经疲惫到没有力气思考修正案该如何写。非常抱歉,工作实在太多,我没有办法承受更多,只能选择死亡,再向大家道歉。请原谅我吧。"

纪见岭

浩先生最后抬头看到的也是这一片天空吧——我这么想着,驾驶着租赁汽车从桥本市内向北行驶。

2016年夏天的早晨,太阳才刚刚升起,天空还是一片清爽的淡蓝色,让人感觉还没到夏天,更像是春天。

初次采访后我又多次到访过桥本市,而这一天我要前往浩先生结束自己生命的地方。美智子女士在丈夫去世后去过一次,说那里让自己感到痛苦,之后再也没有去过。于是,浩先生的母亲冬子女士就代替她为我引路。

冬子女士说如果想找到当时的准确位置,就要在山路上转好几个U形弯。如今的景象已经和16年前的样子大不一样了。当时种下的树苗已经长成茂密的杉树林,以前空无一物的地方也建起了移动通信基站。

"就是这儿了。"

冬子女士指着一个生红锈的护栏,浩先生似乎就是在护栏的附近结束了自己的生命。现在这里绿植繁茂,足以遮挡视线,但据说当时可以远望养育浩先生的镇子和房屋，还有周围的田地和园子。

"小浩，保佑大家啊。拜托了。"

冬子女士像是在念经一样反复念叨，向栏杆供奉上从自家庭院摘下的粉色芙蓉花。我也跟在冬子女士的身后，双手合十虔诚祭拜。

生命最后的那天，浩先生站在山路上想着什么呢？我带着无法得到回答的疑问，来到了这个地方。

当时在护栏附近，有一小块能让车子转换方向的空地，浩先生就把车子停在那里。据说，留在车内的遗书很有可能就是在这里写的。遗书中有写给美智子女士和大女儿的信，我想在这里介绍一下浩先生写给小马的内容：

"请原谅我没能成为称职的父亲。我一看见你天真无邪的脸蛋，就感到疲劳一扫而空。上周的发表会我原本想去的。听妈妈说，你毫不胆怯，大大方方地发言了，我真的很高兴。忘不了小马*绽放笑容的面孔。作为父亲，竟然要抛下如此年幼的孩子！希望你好好听妈妈的话，成为她的好帮手。真的非常抱歉。"

即使有自己深爱的家人，也无法留在人世间，浩先生所感受到的绝望充斥在遗书的字里行间。以下仅仅是我个人的猜测，但我觉得直到去世前的最后一瞬间，浩先生的内心仍然有"要活下去"的想法。纵然如此，筋疲力尽的浩先生还是劳累到了活不下去的地步。他应该是已经燃尽了自己的生命之火。

---

* 原文为真名——作者

每次写到有关过劳死和过劳自杀的报道,都会听到类似"要拼上性命的话还不如辞职"的感想。我以为这是一种自我责任理论,即强调要"由个人承担责任",我希望大家能够慎重地思量这个说法。但凡塚田浩先生的身心状态正常,就不可能抛下挚爱的家人结束自己的生命。浩先生站在这山路上的时候,他根本没有想过"辞职"这个选项,只是深陷严重的心病(抑郁症)当中。这一点毋容置疑。对处于这等状态的人大谈自我责任论已经毫无意义。应该在更早之前,在他操劳过度罹患心病之前就采取预防措施。

不知不觉间太阳已经高高升起,蝉鸣声此起彼伏包围着我和冬子女士。

"不过,为什么选了这个地方呢?"

回程途中我向冬子女士打听,她便为我讲述了一段往事。

由于浩先生的父亲早早离开人世,米铺的家业就由冬子女士接手经营。市政府的工作还没那么忙的时候,浩先生会在工作之余帮忙送大米。

"这座山上也有几家人是米铺的顾客。小浩说路途太远运送辛苦,所以他从市政府回家以后,都会开车带我过来。回家路上天气要是不错的话,小浩会在这里停下说:'休息一下吧?'他把车子停在这里,边欣赏风景边抽上一支烟,然后再回家。"

组织机构的"马虎"带来了过重的负担?

2003年12月,距离浩先生离世已过去3年有余,他的死亡被认定为属于公务员工伤的"公务伤害"，官方正式承认了浩先生的死因来自工作。那么，又是为什么会让他不得不拼上性命去工作呢？我通过美智子女士的介绍，拜访了浩先生曾经的同事们。

"浩先生工作非常努力，我们都过于依赖他了。"

山本富代女士（71岁）低垂着头说道，她在桥本市担任保健医师。她说浩先生去世前，有几件事让她难以忘怀。

浩先生去世前月，2000年2月的时候，国会通过了《传染病预防法》，相应地也需要修正市级的有关条例。浩先生就联系山本女士咨询了《传染病预防法》的问题，但是在市政府上班的保健医师都不了解具体情况，山本女士就回答说："我们不了解具体细节，能否向县里打听一下呢？"

几天后，山本女士在市政府偶遇浩先生，随口问了句："之前的事弄明白了吗？"结果，浩先生的情绪一下子激动了起来。

"谁知道。修正条例应该是相关的科室要负起责任啊！"

平常总是安静稳重的浩先生这样大声抱怨，令山本女士深感惊讶。她已经不太记得自己当时如何回答并离开现场的了。但在那之后，她无数次反省，"塚田先生说的确实没错啊"。保健医师固然也很忙，但在身负数十项条例草案的文书科看来，要是每一项条例都要仔细调研、核实细节，那不管有多少时间也是不够用的。就在山本女士还想着要找机会为此事道歉的时候，浩先生却过世了。

优秀的员工失去宝贵生命，这份责任是否应该由在市政府工作的我们每一个人承担呢？山本女士说自己至今仍在思考这个问题。

"由此应该可以看出市政府机构在结构上的马虎吧。"

当地方言中的马虎,有敷衍、怕麻烦的意思。山本女士一直在想,如果各部门都能负起责任做好自己的业务,是不是就不会把浩先生逼到如此绝境呢?

作为市政府员工工会主席的窪田宪志先生,也持有同样的意见。2000年4月,浩先生去世后的第二个月,窪田先生就进入工会成为专职工作人员。此后3年间,为了能让浩先生的死亡获得公务伤害认定,他一直在开展工作。以当时的工作经验为基础,现在窪田先生在主席任上承担着工会的核心任务。

当时据工会调查,因条例修正等事务找浩先生咨询的员工人数多到令人吃惊。对此,窪田先生带着反思这样说道:

"我觉得是因为大家都知道塚田先生工作能力很强,一有什么不懂的地方,马上就说'让塚田先生看看吧'。遗憾的是,当时的市政府管理层或工会都没有关注员工身心健康的问题。"

"地方公务员事故赔偿基金会"(以下简称"基金会")是决定市政府员工死亡是否属于公务伤害的组织。浩先生的公务伤害成功得到认定的那份文件上,有一段有趣的记载,我想分享一下。作为基金会衡量浩先生繁忙程度的材料之一,他们调查了其他自治体负责《地方分权总括法》相关条例修改的文书科职员工作量。据调查,有的市政府"科长加班时间高达100个小时",也有反馈说"30个小时左右",属于"不太忙"的市政府。

也就是说,不管在哪个自治体,条例起草的工作都是一样的。然而,是否采取了相应的对策,如深化与其他部门的合作、在可能范围内把事务外包给私营企业等，会在很大程度上影响文书科职员的工作负担——如果想要实现零过劳死的目标，我们必须始终牢记这一点。

对他说"不能去上班呀"

让我们回到浩先生刚去世不久时的事。

当时6岁的小马尽了自己最大的努力，支持悲伤的母亲美智子女士。

举个例子，曾发生过这样的事。

"爸爸不在了，我好难过呀。"

小马喃喃自语道，眼泪扑簌簌地往下流。美智子女士看到自家孩子哭了，顿时维持不住一直以来坚强的样子，说着"就是呀"也跟着大哭起来。

也许小马就是在这时意识到，如果自己哭起来，那母亲也会感到痛苦。

一看到母亲流泪，小马就赶紧做鬼脸逗笑她。从那以后，小马再也没有在母亲面前哭过了。即便在小学遇到烦心事，或是和姐姐吵架了，小马也不再掉一滴眼泪。

也就是在那个时候，他说出了"我的梦想"。

为了尽量回归普通的日常生活，美智子女士一直注意保持着和丈夫去世前一样的生活方式。那天她和放学回家的小马一起看着电视，美智子女士记得是在看一档介绍各种各样职业的节目。

"小马长大以后想做什么工作？"

美智子女士随口问了一句，立刻得到了小马的回答。

"我长大以后想当博士，成为博士以后，要发明《哆啦A梦》里出现的那种时光机。"

孩子气的可爱梦想，让美智子女士自然地放松了脸颊微笑起来。但是小马接下来说的话，却让她心如刀割。

"我要乘着时光机，回到父亲死前的那一天。然后跟他说，'不能去上班呀'。"

美智子女士回忆说，当时自己强忍住上涌的眼泪，回答道："想当博士呀，真了不起。"

"无论是小马还是他姐姐，仿佛都失去了自己真正的童年，被迫长大成人。我想让他们再多向爸爸撒撒娇，多许一些关于自己的、属于小孩子的梦想。这些理所当然的事情，都没能让两个孩子做到。为此我感到很对不起他们。"

震动全国的《我的梦想》

美智子女士把小马说的话记在笔记本上。原本只是为了不让自己忘记而写，但没想到这些话后来抓住了很多人的心，被人们广为传阅。

这首诗的流传，开始于美智子女士加入的大阪家族协会。在某次会议上，美智子女士朗读了小马的这些话。原本只是作为汇报近况发言中的一部分，出席会议的其他遗属却都不约而同地流下了眼泪。

从那以后，全国的遗属之间流传着"有如此打动人心的诗歌"这样的说法。诗歌不仅刊登在过劳死问题的宣传册上，还被其他遗属在演讲时朗诵。

家族协会不管在当时还是现在，都在为减少更多牺牲者的出现而向社会大众奋力疾呼。

当时这首短诗向大众传达了广大遗属的思念之情。2013年，家族协会向瑞士日内瓦的联合国办事处说明过劳死问题的严重性时，也把《我的梦想》的英译版诗歌分发给了联合国工作人员。负责处理人权问题的联合国经济、社会和文化权利委员会于同年敦促日本政府针对过劳死问题采取行动。

2012年3月迎来了浩先生的第13个忌日，这首诗歌也在日本国会上被提起。当前文提到的制定《过劳死预防法》的运动成为国会热议话题的时候，有一位议员在众议院的厚生劳动委员会上介绍了这首诗。小马的诗打动了议员们的心，以至于听到诗歌的其他议员说："那是正式处理过劳死问题的开端。"《我的梦想》也带来了后续推动力，两年后的2014年6月，遗属们渴望已久的法律，终于以《预防过劳死等问题对策推进法》为名固定成文。

当然，仅凭一首诗是不可能推动联合国或者国会采取行动的。这是以家族协会成员为核心，竭尽律师和大学教授等各方专家之力的结果。其中影响力尤为突出的是以遗属为中心在全国范围内收集的大量签名，法律成文前收集到的签名多达55万个。值得记录的是，为了更直接地表达遗属的心情，签名用的纸上印上了《我的梦想》。

正如本章开头所写的那样，我还没有机会直接采访小马本人。如果将来有机会，我希望他可以接受采访。以下介绍一下美智子女士口中小马的近况。

立法成功的时候，小马已经长成了一位优秀的青年。在他成人仪式的那一天，家人们一起喝了啤酒。小马想起浩先生也爱饮酒，喃喃道："我也想和父亲一起喝一杯。"他说，自己和父亲一起玩耍的记忆正在一点点消失。

从小马说"要发明时光机"的时候起，他就开始大量阅读有关科学的书。升上小学高年级后，他紧锁眉头向美智子女士嘟囔："时光机好像很难造。"也许正是在这样的背景下，小马进入了一所理科大学，并继续攻读研究生，主攻新药开发等方面的研究。2018年春天，他入职了一家私营企业。小马已经放弃了制造时光机的梦想，但他的目标仍然是以另一种方式"拯救他人的生命"。

"希望我们的社会可以让我的儿子安心工作，不再有过劳死的问题。"这是美智子女士最真诚的愿望。

> **桥本市政府发言人的回应：**
> **"愿逝者安息。为了不让此类令人痛心的事件再度发生，我们全体员工将会齐心协力做好预防工作。"**

第二章　牛排店员工饱受上司的
　　　　　暴力折磨

　　2010年初冬时节，全国最繁华街道之一"涩谷中心街"的商业大厦里，一名年方24岁的青年结束了自己的生命。超长的工作时间和来自上司的暴力行为，迫使这位在大厦四楼牛排店上班、心地善良的青年选择了死亡。接下来要介绍的故事，是我在采访中遇到的特别严重的案例。

打烊后的深夜时分……

涩谷，是年轻人的街道。穿过JR涩谷站八公口站前的全向
交叉路口，就来到了涩谷的核心地区"涩谷中心街"。这里有鳞
次栉比的餐饮店、服装店以及电玩中心，从早到晚都有络绎不绝
的人流。餐饮连锁店"牛排老饕"就位于涩谷站走向涩谷中心
街入口处的商住大厦四楼。大厦地下一层是深受外国人欢迎的
俱乐部，一楼至五楼都被各种餐饮店占满。最顶层的六楼则用
作店铺员工们的办公室。

2010年11月8日，被称为"小和"的古川和孝先生在通往屋
顶的紧急逃生楼梯平台上结束了自己的生命。他的死亡时间大
约是凌晨1点左右。据推测，他一直在店里工作到前一天7日晚
上11点半，打烊后留在大厦里，毅然选择自尽。

2013年夏天，我开始采访和孝先生的父母——政幸先生（59
岁）和美惠子女士（53岁）。那时距离和孝先生去世已将近3年。

他的父母正在对公司以及施暴的上司提起诉讼。那之后的5年间，我对他的父母二人进行了多达10次的采访，采访的地点一般都在他们埼玉县家附近的咖啡馆里。政幸先生是一位从十来岁起就一直从事餐饮工作的厨师，看起来似乎很顽固、不好相处的样子，但随着采访渐渐深入，他开始友好地与我交谈。而安静的美惠子女士记忆力很好，她会闭着眼睛听政幸先生说话，听到有一点不对的地方就马上纠正错误，说"不是这样噢"。他们总是并肩坐在小桌子边。我觉得他们应该原来感情就很好，但失去宝贝儿子的悲痛似乎更让他们俩像磁石一样紧密相连。

和孝先生所遭受的一切完全可以用"可怕"一词概括，但是他的父母在采访中从来没有流露出心中的愤怒之情，他们一直都在试图保持冷静。

和孝先生在东京都杉并区的公寓内独自生活。他的父母住在埼玉县，8日下午才收到儿子的死讯。

彼时，政幸先生在东京都内一家养老院的厨房工作，为了去确认遗体身份，他提前下班前往涩谷警察局。从最近的车站出发到涩谷站只花了十几分钟，他坐在地铁上，一边注视着漆黑一片的窗外，一边在心里不断重复：

"绝对不是，搞错人了，不是我儿子。"

政幸先生到达警察局后，一位资深的警员递给他7张照片，是不同角度拍摄的男性尸体。身高大约170厘米，体型瘦削，狭长而温和的眼睛，照片上的脸，他绝对不会认错。政幸先生感到胸口被绝望感紧紧揪住，他最终恳求警员："一定不要让我老婆看到这些照片。"

停尸房见到的儿子看起来只是睡着了的样子。姗姗来迟的母亲美惠子女士抽噎着摇晃儿子的肩膀："起来！睁开眼睛！"然而一切都仿佛发生在梦中，政幸先生甚至都没能触摸尸体。

之前的那位警员为他们讲述了发现尸体时的情况：

"六楼办公室的桌上放着手机和香烟盒，从现场痕迹能看出他抽过一支烟。以我30年的经验判断，可以肯定您的儿子是自杀身亡。"

遗物中的手机里有一条未发送的短信草稿，被认为是和孝先生自杀前编辑的遗言："我是个不孝子　但很感激你们　谢谢你们生下我　抱歉没有征求你们的意见　说我又笨又一根筋别工作了　但我不听　给你们带来了麻烦　我很抱歉　我想从头重新开始"。

那天晚上，政幸先生躺在被窝里一直流泪到天明，内心一片孤独绝望。躺在他身边的美惠子女士一边哭，一边用拳头捶打旁边的衣柜。

"把小和还给我！还给我！"

母亲的直觉告诉她，儿子可能遭受了某些不公正的对待。

极端的长时间工作

雇用和孝先生的餐饮店"牛排老饕"（以下简称"牛排店"）是"太阳挑战有限公司"主要在东京都内经营的餐饮连锁店。2016年，在其涩谷中心街店内，除了桌边的卡座，还设有吧台座位，总共可以容纳40人左右。菜单上排列着价格合理的汉堡、牛排等食物。

　　介绍和孝先生进入这家店上班的不是别人，正是政幸先生。

　　1986年出生的和孝先生从埼玉县本地高中毕业后，2005年入职东京银座的一家餐馆。当了2年服务员后，和孝先生为了提高自己的烹饪技能，开始寻找新的工作机会。当时，政幸先生在牛排店的入谷分店担任店长，便邀请儿子："那就来我店里工作吧。"从2007年5月起，和孝先生开始在父亲的店里打工，几个月后成为正式员工，转到了东京都内的其他分店工作。

　　其实政幸先生在儿子去世前的2009年3月，辞去了太阳挑战有限公司的职务。原因是与总裁在经营理念上意见相左，当时和孝先生表示"我还想继续干"，于是就留在了公司。

　　时间线往后一些，和孝先生的父母向涩谷劳动基准监督局（以下简称"涩谷劳基局"）提出了工伤认定申请，并在和孝先生离世1年半后的2012年3月获得审核通过。完成工伤认定的2个月后，他们向东京地方法院提出了对公司的赔偿要求。以下是分别通过涩谷劳基局和地方法院的判决而了解到的和孝先生的工作状况。

　　成为正式员工的和孝先生在高圆寺分店和涩谷中心街分店工作，之后被任命为涩谷东口分店的店长。随后大约在2009年11月的时候，他成为了涩谷中心街分店的店长。

　　店长的职责包括上菜、做饭、洗碗，以及安排员工的工作班次、采购食材等任务。和孝先生在涩谷中心街分店的出勤时间通常从上午10点开始，晚上11点半或者凌晨0点结束。虽然期间穿插有休息时间，但每天的坐班时间多达13个半小时至14个小时。更令人震惊的是这份工作休假天数之少。根据涩谷劳基局的认定数据，2010年4月后大约7个月的时间里，和孝先生的休息日仅为2天。他每个月正常工作时间外的劳动时间（即加班），最高峰的5月达到227小时30分钟，最少的8月也有162小时30分钟。

不必多说，这些加班时间触目惊心。就像我之前提到的，"每月超过80小时的加班时间"就已经触及"过劳死红线"。一般认为加班时间超过红线越多，过劳死的风险就越大。和孝先生的加班时间何止2倍，他甚至要被迫完成将近3倍的工作量。

自我了断的真实原因是？

除了长时间的工作以外，还有其他负担压在和孝先生的背上。他的同事们告诉了我详情。

"小和总是被骂，有时候也被打。"涩谷中心街分店的前员工中国人K女士哭着对和孝先生的父母这么说，她与和孝先生当时正在交往。K女士2007年4月来到日本，一边学习日语一边在涩谷中心街分店打工。和孝先生在工作时指导她的亲切性格吸引了K女士，两人便开始了交往。

加害者A某是区域经理，统筹管理和孝先生工作过的涩谷东口分店、中心街分店等店面。虽说是职位高于和孝先生的男人，但年龄也只比他大1岁。据说这位A某对和孝先生进行过各种形式的职权霸凌，包括暴力相向、发出无理的指示等。

据K女士所说，某一天和孝先生的脸肿得非常厉害，问他是怎么弄的，和孝先生回答说"被A打了"。2008年9月5日，在他去世前2年，还曾发生过这样的事。那一天是两人上个月开始交往后的第一次约会。他们出发前往横滨的游乐场，刚买了6张游乐设施的乘坐票，和孝先生的电话就响了，是A某打来的。挂断电话后和孝先生长叹一口气。电话的主人对正在享受休息日的和孝先生命令道："店里用的酱料不够了，买了送过来。"

结果，那天两人基本上没怎么玩就回到了涩谷。和孝先生在附近的超市买好酱料送到店里，就直接被留下来工作了3个多小时。期间，K女士在店铺附近的咖啡馆里一边与自己内心沸腾的怒火和疑问作斗争，一边等着和孝先生结束工作下班。酱料是任何一家超市都能买到的普通产品，让当值的员工去买不就好了？明明是久违的休息日，为什么要这样？

K女士一直保留着约会那天没用的票子，内心一定觉得非常遗憾吧。

同事所见证的暴言和暴行

我从其他同事那里也收集到了证词。和孝先生的父母起诉公司的时候，同事们都应父母要求向法院提交了书面陈述，就从这些文件开始介绍吧。

在其他分店兼职的中国籍员工J先生曾亲眼见到过A某施暴的场面，事情发生在太阳挑战公司总部每2个月举行一次的晨训期间。那天，A某与和孝先生相邻而坐。晨训期间，总裁要求和孝先生站起来发言，也许因为突然被指名而感到惊讶，和孝先生沉默不语。

"然后，A先生马上就站起来，用拳骨猛敲了和孝先生的头两下。（省略）和孝先生看起来被打得很痛，还用手按摩自己脑袋上被打的地方。从A先生出手的方式明显能看出来，他的态度非常不友好。"

还有一个人目睹了施暴现场的决定性一幕，他就是在涩谷东口分店打工的男性职员H先生。

"我记得应该是发生在2009年7月的时候，A某用挂在东口分店厨房玻璃窗附近的木勺打古川君的头，木勺长50厘米，尺寸比羽毛球拍稍小一点。A某右手拿着勺子，奋力挥向古川君的头顶。因为他用了很大力气，发出了不小的声响，我当时被吓了一跳。"

"我至今还能清楚地记得，那时听到了砰的响声。"

和孝先生去世3年后的夏天，我与H先生在都内的咖啡馆里相约见面。我已经看过了前文提到的陈述书，但由于事情实在是太过出格，我想还是再向本人核实一下情况。尽管H先生对事件前后经过的记忆比较模糊，但他断言，自己清楚地记得"施加暴力"这一核心内容。

当时，H先生负责在大堂接待客人。在客流较缓的时间段里他查看了一下厨房的情况，便看到A某晃动着拿在手里的木勺。那是一把用作店内装饰的大勺子。还没等惊讶的H先生进入厨房阻止A某，勺子就抢到了和孝先生头上。

和孝先生去世时，H先生早已辞去了牛排店的工作。以前一起打工的伙伴告诉他讣告的时候，他大受打击。

"我都告诉过古川君'还是赶快辞职比较好'……"

没有迹象表明，A某也针对其他员工实施暴力。为什么他只把和孝先生视作眼中钉呢？我向H先生提出了疑惑已久的问题。

"确实古川君做事不算麻利，但是这也不能成为打人的理由。非要说的话，我觉得是因为古川君人太好了，甚至可以说到了软弱的地步。而我正相反，如果有人让我不爽，我就会回敬过去，所以我从没受到伤害。我觉得古川君被当成欺负的对象，就是因为他太善良了。"

如果要我出庭作证的话，我一定会去的——H先生表明自己的态度后，离开了咖啡馆。

心地善良的青年

H先生所说的"善良"，似乎是和孝先生天生的性格。

和孝先生上幼儿园的时候，曾经参加过乘坐"地震体验车"的亲子活动。卡车的台面上放着桌子和椅子，模拟地震时的状况摇晃起来。

大部分的幼儿园小朋友都遵循老师的指导，一感受到震动就钻进桌子底下。然而，和孝先生感受到晃动后就催促母亲钻进桌子底下——"快进来"，他想要用自己幼小的身躯包围住母亲。结果，自己的身体完全暴露在桌子外面。母亲脸红了："你这孩子在做什么呀？"而负责老师则大为赞赏："我第一次见到这样的孩子，真善良。"

和孝先生高中时期还发生过这样的事。他作为剑道的特招生进入了一所私立高中，因为乘坐电车上学单程就要花费两个多小时，就借住在顾问老师家里。他很少回自己家，但是只有一次，和孝先生被同学欺负以后从学校逃跑回家。父亲生气地说：

"你反击回去不就好了吗?"他断然拒绝说:"我不喜欢打架。"

高中毕业后,和孝先生并没有继续练习已久的剑道,而是选择到餐饮店工作。这可能也是受到了父母的影响。

政幸先生高中一毕业就离开老家青森来到东京,开始在另一家主要做肉类料理的餐饮连锁店工作。他在四谷分店烹调涮肉和寿喜锅的时候,与在那里打工的美惠子女士相识、结婚。美惠子女士家里在东京都内经营着一家荞麦面馆,夫妻俩把和孝先生交给美惠子女士的父母照顾,便外出打工去了。荞麦面馆角落里的婴儿车,是和孝先生小时候的固定位置。

政幸先生40岁左右的时候,在埼玉县川口市内开了一家自己的拉面店,但生意没能走上正轨,4年后就关门大吉了。他通过公共职业介绍所,在牛排店找了份工作。

父子俩在牛排店入谷分店一起工作的时候,度过了一段最亲密的时光。他们俩在开店前一小时一起上班,父亲去厨房准备食材,儿子在店内打扫地板。和孝先生在银座的饭店积累了一些经验,父亲在接待客人方面没有什么可以教他的,不过,他细致地传授给儿子蔬菜的切法和烤肉的方式等基础知识。

父子俩下班比较早的时候,就会去牛排店附近的荞麦面馆吃饭。政幸先生总是点蒸笼荞麦面和天妇罗盖饭的套餐,而和孝先生则是炸猪排盖饭套餐。两人还会一起点一瓶啤酒分享,工作期间顾不上吃饭的父子俩会默默地吃到饭碗见底。他们在荞麦面馆前分别,父亲回家,儿子出去玩。他们也曾有这样的相处时光。

政幸先生梦想儿子能够让自己失败过的拉面店再度开张。我不太记得是不是与他本人聊过这个话题。不过,从和孝先生的同事那里听到过这样的说法：

"小和说过：'将来想和父亲一起开店。'"

和孝先生想要努力实现父亲朴实的梦想。

父亲的悔意

自从儿子去世后，政幸先生没有一天不感到后悔。

"我至少有3次机会能阻止小和自杀。"

我们坐在他以前下班后和儿子同去的入谷荞麦面馆里，一起吃完荞麦面后，政幸先生掰着右手的手指这么说道。

"要是我没有邀请他去牛排店工作的话；要是我辞职的时候让他也一起离开公司的话；还有那年夏天，他说'想辞职'而我要是没有挽留他的话……"

政幸先生紧盯着自己右手被掰下的3根手指，脸上透露着深深的自责，那神情让我这个旁观者也于心不忍。他应该已经无数次重复过这样的自问自答了吧。

政幸先生所说的"那年夏天"，指的是2010年8月，和孝先生去世前3个月的时候。

8月的天气炎热且潮湿，某天晚上和孝先生突然打来电话说："我现在马上回家。"政幸先生骑着自行车去车站迎接坐末班车回来的儿子。回家路上他们在便利店买了3罐啤酒，父子俩准备久违地喝一场。

两人正围坐在矮脚茶几边啜饮啤酒的时候，和孝先生突然开口说道：

"A当上了太阳挑战公司的董事，我以后的日子会更加不好过,真想辞职。"

他记得儿子以前说过类似意思的话,但因为和孝先生没有描述具体的情况,所以政幸先生也没有发觉儿子正遭受暴力对待。虽说政幸先生对于辞职这件事本身是不反对的,但他还是为儿子辞职以后的生活感到担忧。当时日本经济受全球金融危机影响,正处于低迷状态。政幸先生说出口的建议,是当时大多数父母都会提出的保守对策:

"辞职可以,不过至少等下一份工作找到了再辞吧。"

几天后,和孝先生联络父亲:"我再试着继续工作一阵。"政幸先生如今十分憎恨当时听到消息松了口气的自己。

那时候为什么打消了儿子辞职的念头呢?为什么没有推他一把,让他辞职呢?

无论他再怎么懊悔,儿子都不会回来了。这份万般无奈下的后悔一直折磨着政幸先生。

母亲未了的心愿

同样被悔恨折磨的还有美惠子女士。和孝先生去世前2周左右,美惠子女士曾到访过中心街的牛排店。她准备为埼玉县内自家的公寓办理续租手续,想请和孝先生当担保人。美惠子女士站在店铺所在的大厦前给和孝先生打电话,没过几分钟他就下来了。

大约有2个月没有见到儿子了,他脸色苍白,看起来非常疲惫。美惠子女士有点担心儿子,办完公事后就邀请他:"要不要喝杯茶?"但是和孝先生说自己"很忙",马上乘电梯回到店里去了。分别的时候，美惠子女士递给他装有方便面和速食咖喱的袋子，儿子说着"谢谢"就直接收下了，微微露出点笑容与母亲道别："再见。"那就是和孝先生留给母亲最后的笑容。美惠子女士对那时的事感到后悔莫及。

"那时候我不应该在大厦楼下打电话，应该直接去店里找他。去儿子实际工作的地方看一下，说不定就能察觉到异常。我当时就应该好好想想，连歇一下都不行，这件事本身就不寻常。"

美惠子女士打开电视，看天气预报之类节目的时候，画面里时不时就会出现涩谷中心街。每当这时，美惠子女士的脑海中就忍不住浮现起和孝先生最后的笑容，久久难以忘怀。

"我想见小和！想见他！"

这份深切的愿望，永远无法得到满足。

审判

2014年6月17日法院开庭，父母向太阳挑战公司及总裁、施暴方A某提出损害赔偿，这一天的证人询问是全场最关键的环节。遗憾的是，那天我无法去现场参加庭审，但还是通过庭审的资料文件和对父母二人的采访，得以重现当时的情景。

东京地方法院的法庭上，美惠子女士坐在旁听席最前排的正中间。

"陈述务必真实。"

美惠子女士瞪着证人席上A某的背影。政幸先生与只野靖、木下彻郎两位律师一起坐在原告席上，他也怀着同样的心情。

公司方的律师问话结束后，只野先生站起来，对A某说："如果你感到有任何一分责任的话，如果你对受害者的父母亲感到愧疚的话，今天就是你最后的道歉机会。我希望你能考虑到这一点，真诚地回答我的问题。"

只野先生从申请工伤的准备工作开始，与和孝先生的父母相识约有3年了，"如何让总裁或上司道歉"是他最重要的使命。当时，只野先生已是从业10多年的律师，劳动案件是他的专长之一。依仗自己以往参与的过劳死案件经验判断，他对庭审胜诉十分有信心。

涩谷劳基局已经认同本案存在长时间加班和暴力行为，也通过审批确认其为工伤事故。只野先生相信，只要切实地积累证据就能赢得审判。于是，他以此为目标开展行动。

但另一方面，只野先生心里也明白，仅仅胜诉是不会让和孝先生父母的心情有半分明朗的。后来，只野先生接受我采访的时候回忆道：

"审判不可避免地会归结到'我能拿到多少钱'的问题上。但即使父母获得了较高额的赔偿金，他们也不会觉得满意。自从和孝先生去世以来，他们从未收到过正式的道歉。我认为他们真正需要的应该是公司和上司正视和孝先生的死亡，并且好好地致歉。"

道歉也不仅仅是为了和孝先生的父母，只野先生觉得这也是为了帮助A某。虽说是间接原因，但A某把一个活生生的人推向了死亡，只要不能正视这一事实，A某他就不可能踏上正确的生活轨道。

"A某当时也就20来岁,为了将来能够过上正直体面的生活,他应该在法庭上道歉。我认为这是他最后的机会。"

若是有爱……

木下律师作为搭档,以A某的陈述书以及同事们的叙述为基础,展开具体提问。

> **木下:**"(陈述书中)你这样写道:'严厉提醒他的时候,我有时会动手。'"
>
> **A:** "确实这么写了。只不过写着动手,并不是指殴打他的意思。"
>
> **木下:**"但是(同事们)甚至说,他们每个人都目击过你实施暴力行为。"
>
> **A:** "我觉得他们是把砰地敲一下都算作暴力行为了。"
>
> **木下:**"不是暴力行为吗?"
>
> **A:** "不是暴力行为,我又不是讨厌他才打他的。"
>
> **木下:**"所以在你看来,不认为有施暴行为,是吗?"
>
> **A:** "……"
>
> **木下:**"你们是上司和下属的关系。那为什么你们俩之间,你会对他又敲又踢呢?"
>
> **A:** "我们关系挺好的。(省略)但是他反复多次犯错的时候,我曾经出手想要让他打起精神振作起来。(省略)但是绝对没有做得过火,没有到让他脸都肿起来的程度。"
>
> **木下:**"敲打他就能改正错误吗?"

A：　"也不是敲打了就能改正的。"

木下："所以你认为，视情况上司是可以对下属动手的，对吗？"

A：　"是的。虽然我认为不应该施暴，但如果心怀爱意的话，也是可以的。"

如果心怀爱意的话——

面对淡然发言的A某，政幸先生想朝着他的侧脸揍上一拳。"他就是动手打人了，还在找什么借口。别想着往自己脸上贴金。"

木下先生一结束问话，只野先生就站起来开始盘问。

只野："开场时我已经问过了，你想要对他的父母赔礼道歉吗？"

A：　"是为了什么而道歉呢？"

只野："当然是和自杀有关。你没有这样的想法吗？"

A：　"我又没有把人打到鼻青脸肿的地步，怎么说呢，也没有把他打成脸部肿起有疙瘩的样子，你这样指责我，我有点难以理解。没有要赔礼道歉的想法。"

A某破罐子破摔的态度让听众也感到气血上涌。

只野："一个活生生的人走向了死亡，一个有前途有希望的人死了。你不是把他当弟弟看吗，那就应该会感到难过。你有没有考虑过他父母的悔恨心情，有吗？还是没有？"

A：　"有的。"

只野：　"如果有的话，为什么不向他的父母赔礼道歉？我认为这个法庭就是你最后的机会。不在这里道歉的话，他的父母不会原谅你。以后你也不可以去为他扫墓。"

与A某恳切交谈后，只野先生问道：

"最后，请告诉他的父母，你感受到了什么样的责任？"

A：　"唔……"

只野：　"请告诉我们，你自己对于古川先生自杀一事，是否有要致歉的想法。"

A：　"现在没有想法。"

只野：　"没有吗？"

A：　"原因在我，是吧。没有想法。"

承认自己动手打过人，却不觉得有必要道歉。

最终，在整个证人询问的过程中，A某没有表现出丝毫对于自己施暴行为的真诚反省。这就是A某的回答。

庭审结束后的回家路上，政幸先生坐在电车里想着：

"也许那家伙真的是个冷漠的人吧。"

美惠子女士闭着眼睛，心中满是遗憾。

不成熟且没有常识的"上司"

即便如此，我也不能认同Ａ某在法庭上所说的"如果心怀爱意就可以"那种话。不管心里有没有爱意，都不应该实施暴力行为。这位上司太没有常识，太不成熟，他居然连这样的道理都不懂。

打官司的过程中还发现了一些事。美惠子女士在寻找证据的时候，打开和孝先生的手机，找到了一个视频。

视频里的地点看起来是中心街分店的办公室，Ａ某光着上半身躺在一边，一会拿着打火机凑近和孝先生的衣服，一会又用自己的牙齿啃咬衣服。视频里可以听见和孝先生的声音在恳求"请住手""不可以，绝对不行"——这是他去世1年前的2009年7月15日，凌晨3点10分拍下的视频。

看到这个视频，我想起了高中或是大学的体育俱乐部里时不时会发生的"部内霸凌"。练习结束后，有的高年级学生会在俱乐部房间里欺负后辈。这种事还会发生在社会人聚集的"工作场所"，让人感到了无尽的阴霾。

为什么没能阻止和孝先生走向死亡呢？首先我想到的是他从业店铺的职员构成。根据他父母的调查，店长和孝先生以外的大部分职员都是外国籍临时工。在他们看来，矛盾发生在日本店长与地位更高的人之间。即使他们感受到发生了变故，也可能由于语言沟通的障碍而难以解决。职场的霸凌、骚扰行为很容易在密闭性较高的环境中发生。这场不幸可能就是一个典型的例子。

但话虽如此，公司至少也应该有机会窥见事态严重性的冰山一角。前文已经提到过，A某在太阳挑战公司总部晨训期间表现出了暴力行为。事件的目击者J先生在陈述书中写道，那次会议包括总裁在内约有60人出席。和施暴行为一样，公司也应该能注意到长时间加班的情况。庭审中了解到，店铺职员和临时工的劳动时间都由各个分店通过传真发至公司总部。总部的劳动安排负责人有这些资料在手，本可以改善加班时间过长的情况。施暴行为也好，长时间加班也罢，怎么就没人注意到异常，并出手制止呢？简直令人难以置信。

判决

2014年11月，法院下达了判决书。

关于工作时间，东京地方法院认同前述涩谷劳基局计算出的时间，确认其为事实；同样也确认J先生和H先生目击到A某的施暴行为是既定事实。因此有关A某需要承担的责任，引用判决书中的原文如下：

"从平成二十年（2008）2月左右，死者和孝在中心街分店开始工作起，至平成二十二年（2010）11月自杀为止，他持续受到职权霸凌等行为，包括辱骂、暴力、骚扰、工作时间外的限制、干涉和孝的私人生活、执行与工作无关的命令等，明显超出了社会公认的合理范围。（省略）被告A自述施暴行为程度并不严重，称由于和孝在工作中不断犯错，所以不得不对其进行辱骂和殴打。然而，被告A与和孝是上司与下属的关系，并非对等的关系；而且被告A知晓和孝过去曾遭受过霸凌，仍然做出以上行为。即便以他供述的相关事实作为前提考虑，被告A的行为也不在允许范围内,不能逃避其侵权行为的责任。"

此外,判决书还明确指出,太阳挑战公司本身及其总裁也应该承担责任:

"被告公司过于关注提升营业额的目标,以至于没有形成适当的劳动管理制度,导致无法防止员工的长时间劳动或者上司的职权霸凌等情况发生。"

判决裁定该公司、其总裁以及A某须作出6 000万日元的赔偿。

本次判决是和孝先生父母的全面胜诉。

进入刑事诉讼阶段

2015年4月的某个傍晚,距离判决已过去大约半年,和孝先生的父母久违地拜访了涩谷警察局。就像4年多前突然收到不幸消息的那天一样,警察局的14层建筑沐浴在夕阳的强烈照射下。

父母二人再次到访这个充满悲伤回忆的地方,是为了向A某和总裁提出刑事指控。虽然赢得了诉讼,但是正如只野律师预测的那样,他们的怒火并没有得到丝毫遏制。以下是审判结束后,他们寄给总裁的文件内容:

"从那以后已经过去了4年。不论是现在还是将来,我们被夺走未来、希望以及生存支柱的这份痛苦心情是不会改变的。一想到儿子这么年轻,在人生才刚开始的时候就被迫结束自己的生命,我就感到痛悔万分,心脏像被撕裂一样痛苦。这份痛苦、悔恨的心情,你们能理解吗?对于我和我的儿子,你们又是什么样的感受呢?"

双亲和只野、木下两位律师商议后，决定对直接实施暴力的A某以伤害致死罪、对总裁以业务方面的过失致死罪提起刑事诉讼。

据我了解，因过劳或职权霸凌导致的职场自杀案件中，没有涉事员工或经营者受到过刑事制裁的先例。即便A某确实动手打过人，那也不是导致死亡的直接原因。距离事情发生已经过去好几年，当时的伤害程度也大都不为人知晓。在这种情况下，可能很难寻求刑事处罚。但与此同时，父母想要将事件作为刑事犯罪案审理的心情我也能深切理解，毕竟本来身心健康的儿子，突然之间就被夺走了生命。

"被夺走未来、希望，甚至是生存支柱。"

正是如此，父亲政幸先生谈及提出诉讼的感受时说："审判结束以后，我有时感到心情反而更加难受。也许是因为失去了发泄愤怒的地方吧……我当然想忘记它，内心想把这件事当作告一段落了。但还是不能原谅。"

按照父母二人的说法，2017年5月底，在提出诉讼大约2年后，案件终于有了进展。涩谷警察局的调查人员通知他们到警察局来，与他们商量："尽管很难立案，但是警察会从中调解，让总裁和上司赔礼道歉，这样可以接受吗？"经过警察的斡旋，公司总裁于同年夏天在涩谷警察局内向他们致以歉意。

然而，道歉并不能安慰父母二人的心情。"我只感到空虚，心里只有空虚感。"政幸先生说目前还没有收到A某的道歉。

> ➤ 我已经就古川先生的案件向太阳挑战公司和A某本人寄送了询问信，但截至2018年11月还没有收到任何答复。

专栏一
"累得要死不如直接辞职"

2017年出版的《虽然痛苦到崩溃，却无法辞职的理由》，是插画师汐街可奈女士根据自己因过劳而差点丧命的经历绘制成的畅销作品。这本书原来只是汐街女士在推特上发布的8页漫画。

"以前，虽然没有那种念头，但稀里糊涂差点就自杀了。"

漫画以此开场。主人公（汐街女士）一直过着每个月加班时间多达100小时的生活。这天，她和平时一样，在地铁站台等着末班车。就在地铁驶向站台的时候，她突然有了这样的想法：

"只要现在往前迈一步，明天就不用去上班了。"

虽然很想一跃跳进地铁轨道，但主人公还是在千钧一发之际断了念想。她坐在空荡荡的车厢里，独自思索着：

"工作太辛苦的话可以休假，也可以辞职。刚开始工作身心状态良好的时候，你是可以看到这些选项的。然而，做出决断并不是一件简单的事。失去收入来源、不想让父母担心、没找到下一份工作，各种各样的理由会让你忍气吞声地干下去，于是过劳，视野越来越狭窄，不知不觉就窄到让人忘记了还有继续工作以外的选项。结果，没办法逃离现在的生活，会被'死了就舒坦了'这样的想法困住……"

主人公对读者这样说道：

"有很多人在听到过劳自杀的事件时，可能会想'累得要死不如直接辞职'。但黑暗的可怕之处其实在于，它会让人失去正常的判断力。"

"黑暗"应该是指把员工身心都碾碎的公司。做不到"累得要死不如直接辞职"——我对于汐街女士的话深有共感。

大部分人如果不工作就难以养家糊口，也渴望通过承担辛苦的工作获得认同，成为专业的职场人。一般人不太会轻易地辞去已有的工作。就在这样努力忍耐的过程中，人们会罹患心理疾病（大多是抑郁症）。由此开始，一切都走上了下坡路。人一旦生病，工作效率就会下降，开始把什么事都往消极方向考虑；饱受失眠之苦，症状进一步恶化。如果身心健康的话，谁都能想到要"辞职"，病人却连这样现实的选项也看不到，即便还能想起来要辞职，人也已经失去了付诸行动的能量。抑郁症，心理方面的疾病，就是如此可怕。

那么，应该怎么办呢？

在我看来，最有效的办法是在失去判断力之前"尽早逃离"。要是犹豫不决是否要立马辞职，那就先休假以确保自身安全。充分休息，用冷静的大脑思考是要回归公司，还是干脆辞职。这样的做法是否比较妥当呢？在我持续对那些夺走鲜活生命的案例进行采访时，发现这才是唯一的办法。

然而，离开职场需要勇气。我为大家提几点建议，应该多少能提供一些帮助。

- **别人可以替代你工作**

　　工作越认真的人越容易觉得"要是我现在辞职（休假），公司该怎么办"。但其实根本无所谓。如果公司缺少了某个特定的员工就无法运行，那它作为一个组织机构肯定从根本上就存在问题。况且，在现实中基本不会发生这样的情况。正如俗话说的那样，"责任催人成长"，一般来说即使出现公司实力暂时下降的情况，公司也会在此期间培养后备人才作为代替，从而照样很好地完成任务。

- **辞职是个人的自由选择**

　　时不时会听到有人说"公司不让我辞职"，但事实并非如此。公司不能拒绝员工请辞。如果是没有明确雇佣期限的员工，从法律上讲只要提前2周提出辞职申请，就不会引起任何问题。如果员工还有未使用的带薪休假，那么提出辞职申请后的2周内，也可以使用假期不去公司上班。对于有固定雇佣期限的劳动者来说，只要有身心状况恶化之类"不得已的理由"，那就可以立刻离职。

- **辞职后的收入来源**

　　失去收入来源是个严重的问题，但我们也不能忘记还有支持失业者的福利制度。每周工作20小时以上的人都享有雇佣保险，试着到附近的公共职业介绍所去了解更多信息吧。如果员工在离职前的2年间至少有12个月参加了保险（如出现因公司倒闭而离职等情况则为1年间至少6个月以上），在找工作期间可以领到失业救济金。金额为失业前收入的50%～80%（有上限）。赔付天数根据离职原因或参加保险的期限而异，但至少可以达到90天。虽说缺点在于没有正当理由时，因个人原因离职的话不能享受3个月的救济金，但这依然是一个值得利用的补贴制度。

我们还需要关注社会保险。普通的工薪阶层都有养老保险，保险费用从工资中直接扣除。员工离职的话，养老保险要改为国家养老金计划，由个人缴纳保险费用。如果有一段时间没有缴纳保险费用，那么未来的养老金额度会大幅减少。保险费用为每月16 000日元（2018年度），是一笔不小的负担，但是失业者可以免除交纳或允许推迟支付费用。请不要放任自流，还是与当地政府取得联系吧。日本学生支援机构提供的奖学金，对于失业者也有允许推迟返还的制度。

● 感到犹豫的话先逃走1小时

我从心理咨询师中岛辉先生的著作中借用"试着逃走1小时"这一短语。我认为就应该在工作日采取这种"逃亡1小时"的做法才对。埋头工作的时候，偶尔的休息日都用于恢复体力，满脑子想的都是要休息，这可说不上是"逃亡"。试着在工作时间离开办公室，休息一下。看看电影，喝喝咖啡，做什么都行。不是"工作模式"，也不是"休息模式"，在这样放松的时候，心里想到的应该就是自己的真实想法了吧。如果这时还想着要辞去工作，那么不要犹豫，马上辞职。

日本社会非常不喜欢逃避，很嫌弃做事半途而废。大家回想一下小时候的事，是不是觉得特别难以退出社团活动或者停止学习某项技艺？"坚持下去就有价值""现在不能坚持，未来人生路上也会受尽挫折"，是不是有大人对你说过这些话呢？至少在我心里，就一直暗藏着这样的想法。然而时至今日，经历过有关过劳死的采访之后，我完全赞同"逃避"。不论在学校还是公司，遇到痛苦的事就放弃吧。虽说忍耐下去可能会有所收获，但也还有另一种可能，那就是在其他领域发光发热。人生只有一次，放弃逃避，忍气吞声的风险实在太大了。

第三章　公共广播机构年轻 女记者的过劳死

　　将过劳死作为社会问题进行报道的媒体界也出现了牺牲者。日本广播协会（NHK）记者佐户未和女士于2013年7月，年仅31岁便与世长辞。那年夏天，大型选举活动轮番举行，她来回奔波采访，在参议院选举投票和开票结束3天后，因充血性心力衰竭而倒下了。记者是工作时间最难以管控的职业之一，未和女士的死亡充分表明，在这类职场中防范过劳死是多么困难。

向日葵一般的人

遗照中的未和女士看起来开朗阳光、明媚动人，她身穿白色网球衫站在风景宜人的山丘上，左手轻轻拂过被风吹起的刘海，在耀眼的阳光下面露微笑，是一位神情温婉的女士。

"这是去世前一年，她和未婚夫去夏威夷时拍的照片。"

坐在遗照旁的母亲惠美子女士（68岁）对我说道。

2017年秋天，我到未和女士父母的住处拜访了他们，他们所住的公寓位于东京都内一处闲静的住宅区。步入一尘不染、铺着榻榻米的客厅，就能看到隔间里摆放着装在木质白相框内的遗照。未和女士离世已有4年，惠美子女士每天依旧在这里以泪洗面。

"她是个始终面带笑容、像向日葵一样开朗的孩子，对我来说，是不可替代的宝贝，是梦想，是生活的希望。未和走了以后，我感觉自己的身体仿佛被掏空了一半，觉得这辈子再也不会发自内心地露出笑容来了。"

大型选举接连不断、工作繁重的夏天

《选民数量全国最多的东京选区，围绕5个议席的选战日益激烈》。

这是参议院选举投票和开票5天前新闻中播放的选区报道。父母将未和女士过世后同事发来的视频给我看了，视频中的她音色温润柔和，略带紧张地介绍着候选人。

"这位是上次民主党内高票当选的某某，基于2天前公告的党内决定，这次将作为无党派候选人参选。这位是无党派新人某某某，第6次挑战参议院议员选举……"

2013年夏天，在连续多日气温超过30度的酷热东京，未和女士为了选举采访而四处奔忙。

这是她进入公司的第9年，未和女士从一桥大学法律系毕业后于2005年入职NHK。在鹿儿岛广播电台工作5年积累经验后，2010年起她前往东京的首都圈广播中心工作。未和女士作为一名记者的事业开始渐入佳境，这时便迎来了选举这一重大活动。

东京都的议会选举6月14日发布公告，23日宣布投票与开票结果。参议院选举7月4日发布公告，21日宣布投票与开票结果……那年夏天的选举活动日程令人眼花缭乱。东京都议会选举要选出127名都议会议员，这又是下个月参议院选举的前哨战，因而备受瞩目。参议院选举则是对自民党前年重掌政权后的一次评估。未和女士在这两场选举中主要负责采访来自众人之党和共产党等党派的候选人。

选举报道在投票与开票当天迎来高潮。投票结束的同时，电视台和报社就通过字幕播报和网络新闻,争相播出"确定当选"的新闻快报。报道的铁则就是要比其他电视台或报社早一分钟,哪怕早一秒钟播出消息也好。

要想迅速向观众传递确定当选的消息,就必须事先掌握某位候选人可能获得的票数信息。记者们便为此在选举现场东奔西走,不仅要从候选人本人及其阵营中的有关人士口中打探消息,还要参加街头演讲,观察听众们的现场反应,逐一拜访有能力影响较多选票的组织、工会及工商团体等。根据舆论调查来预测选举结果的"唱票会议"中,也会重用这些能接触到一手资讯的记者们的意见。

有机会登上新闻节目也是电视台记者的特点。根据未和女士父母的说法,除了上文介绍过的选区报道外,仅在7月份,在晚上7点开始播放的《7点新闻》中,未和女士就出镜了3次,而撰写新闻原稿、录制节目旁白等任务都是辛苦程度不亚于现场采访的工作。

生日邮件透露出的求救信号

选举采访进行期间,未和女士给父亲守先生发了一封令人在意的邮件。都议会选举开票3天后的6月26日,未和女士迎来了自己的31岁生日。父亲给她发去祝福邮件后收到了这样的回复:

爸爸:

　　谢谢,虽说是相当凄惨的生日,但不管怎么说身体状况也算是恢复了。都议会选举已经结束，但是不出一个月又要举行参议院选举……在那之后马上就是工作调动。业务繁忙、压力堆积，每天都有辞职的念头，但还是应该坚持下去吧。

当时父亲守先生和母亲惠美子女士居住在巴西圣保罗，因为就职于大型机械制造商的父亲已在这里驻扎了10多年。父母只能在地球的另一边为女儿的工作劳累而担忧。父亲回想起收到女儿邮件时心绪不宁的感受：

"未和能从记者的工作当中感受到价值，她自己的性格也很少会说丧气话，我收到邮件的时候非常担心。虽然早就知道记者的工作很残酷，但这段时间应该尤其辛苦吧。"

守先生在海外的工作马上就要结束了，他想回东京后要去照顾女儿。夫妻俩这么商量着，扳着手指数着日子，等待着回国的那一天。

身处异国收到女儿的讣告

然而夫妻俩的愿望最终没能实现。生日邮件过后1个月就传来了令人悲痛的消息。

根据资料和对双亲的采访，遗体的第一发现者是与未和女士有婚约的男士。7月底未和女士将调到横滨广播电台工作，7月21日参议院选举的投票开票结束后她也没能好好休息一下，忙于整理工作和到各个取材地点打招呼。23日工作结束后举行了同事们的送别会，参加完送别会的未和女士在24日凌晨大约3点的时候给未婚夫打电话说："现在准备回家了。"

24日天亮后未婚夫多次给未和女士打电话,但都没有回音。他出于担心,便在第二天25日前往东京世田谷区的公寓一探究竟,只见未和女士躺在卧室的床上一动也不动了。

不管怎样,要尽快回到日本……接到NHK消息的父亲守先生拖起迷离恍惚的母亲惠美子女士,奔向圣保罗的瓜鲁柳斯国际机场。那期间发生的事惠美子女士基本上都不记得了,但是对于在机场和住在东京的二女儿优女士(化名)的简短通话内容还留有印象:

"妈妈,没事的,未和姐只是睡着了。"

优女士强压住失去姐姐的悲痛,用跟平常一样的口吻想让母亲平静下来。

"看起来痛不痛? 样子痛苦吗?"

"没事的,没事的,别担心,你们好好回来再说,圣保罗距离太远了。"

夫妻俩在巴黎转机,抵达成田机场时已是7月27日。他们在世田谷区的太平间见到了躺在棺材里的未和女士。

当美惠子女士听说,女儿离世的时候手里还攥着手机,不禁心如刀绞:

"是不是想要给我打电话呢,她该是多么害怕、多么痛苦啊。我一想到女儿临终的样子眼泪就止不住地流。她是不是想告诉我什么话? 为什么我不在她身边呢? 满脑子都在想这些事……"

两天后的29日,家人们为未和女士守夜,30日举行了告别仪式。未和女士的遗体火化前,她的未婚夫给自己心上人的手指戴上了结婚戒指。

繁重工作的结果

守先生于9月正式从圣保罗回到日本，夫妻俩10月向涩谷劳动基准监督局提交了女儿的工伤认定申请，次年5月申请通过，被认定为工伤事故。根据涩谷劳基局的认定，未和女士死亡前的一个月内，即2013年6月下旬至7月下旬之间的工作起止时间，是一串让人简直要怀疑自己眼睛的数字。

未和女士一个月内仅仅休息了2天，竟有15天超过午夜0点还在工作，她很明显是过劳死。

涩谷劳基局公布的数据显示，未和女士这一个月的正常工作时间外劳动（即加班）时长为159小时37分钟，前一个月（5月下旬至6月下旬）为146小时57分钟。未和女士以几乎是过劳死红线（每月平均加班80小时）2倍的时间连续加班工作，并且至少持续了2个月之久。劳基局指出："经确认，确实存在（因需要进行都议会选举和参议院选举的采访而）夜以继日、无法保障充分休息时间的情况；推测当事人应该是处于积劳成疾、长期缺乏睡眠的状态。"

未和女士真正的工作时间可能更久。

表中如"10：00""20：00"这样的整点时间在很多天中出现，这些整数可能与申报方式有关，因为工作时间都是自己申报填写的。

未和女士隶属于采访东京都行政事务的"东京都政府记者俱乐部"，位于新宿都政府大楼内的记者俱乐部是其采访的据点。由于记者俱乐部没有设置考勤打卡的设备，工作时间只能由员工自行申报，在自己家和采访目的地之间直接往返时也由

【佐户未和的工作时间】

		［开始］		［结束］
6月	25日（周二）	10：00	→→→	21：30
	26日（周三）	9：00	→→→	1：00
	27日（周四）	9：00	→→→	1：00
	28日（周五）	9：30	→→→	22：30
	29日（周六）		休　息	
	30日（周日）	10：00	→→→	18：00
7月	1日（周一）	9：15	→→→	1：00
	2日（周二）	10：00	→→→	1：00
	3日（周三）	10：00	→→→	1：00
	4日（周四）	9：00	→→→	23：00
	5日（周五）	10：00	→→→	1：00
	6日（周六）	11：00	→→→	20：00
	7日（周日）	11：00	→→→	1：00
	8日（周一）	9：51	→→→	2：56
	9日（周二）	10：00	→→→	1：00
	10日（周三）	10：00	→→→	1：22
	11日（周四）	10：00	→→→	1：00
	12日（周五）	10：00	→→→	1：00
	13日（周六）	10：00	→→→	21：20
	14日（周日）		休　息	
	15日（周一）	10：00	→→→	19：00
	16日（周二）	9：00	→→→	23：00
	17日（周三）	16：00	→→→	24：00
	18日（周四）	0：00	→→→	11：00
	19日（周五）	10：00	→→→	1：00
	20日（周六）	10：00	→→→	21：15
	21日（周日）	13：00	→→→	2：50
	22日（周一）	10：00	→→→	20：00
	23日（周二）	12：00	→→→	18：30
	24日（周三）		死　亡	

＊基于涩谷劳基局的认定制作。

本人申报时间。我不禁有这样的疑惑，员工自己申报的话，申报时间是否有可能比本人实际工作时间还要少一些呢？

以7月14日（周日）为例。

表格显示这一天是全天休息，仔细观察便会发现，这一天距离参院选举投票和开票正好一周。与工作日相比，周末街头的人流更多，被称为"选举周日"，各位候选人一整天都会进行反复的街头演讲，一般很难想象负责采访的记者会全天休息。

为了解女儿工作记录外的出勤真相，守先生与代理律师一起分析能找到线索的资料，包括工作电脑及手机的使用记录、工作时乘坐出租车的发票，以及与亲友的通话记录等。他们分析这些资料后发现的迹象显示，7月14日未和女士果然也从白天工作至夜晚11点左右。根据父亲和律师一点一滴的分析，未和女士死亡前一个月的加班时长大幅超过了涩谷劳基局的数据，长达209小时。

松懈的工作时间管理

怎么会陷入如此繁重的长时间劳动呢？刚开始父母不能理解，但他们渐渐发现NHK的劳动时间管理意识很低。

未和女士去世后，守先生曾质疑过NHK的非正常出勤状况。当时NHK的管理人员如此说明："记者并没有受到工作时间的管理，而是像个体经营户一样由各人自行裁量决定是否工作。"守先生听到这话，不由心生怒火："我不接受这种说法。"

"因为管理人员认为'个体经营的事业就不必管理细节'，

所以对于下属每天的加班时间不进行检查或管控，结果导致了如此严重的长时间劳动。假如管理人员的想法不一样的话，未和应该也不会死。"

这位NHK管理人员的发言如果属实，那真是荒谬绝伦。

从我本人做了10多年报社记者的经历来说，确实大多数时候记者都在外采访，很难管理他们的时间。俗话说记者的工作是"夜访朝探"，有的时候不得不在深夜或清晨进行采访。相应地，可以自己决定在白天充分休息，或是没有新闻的时候就早早下班弥补回来。记者的工作一定程度上确实是可以自己灵活裁量上下班时间的。

然而话虽如此，报社记者也不过是报社的员工，而佐户未和女士毕竟是NHK的职员。我们都一样是雇佣劳动者，接受上级的指令开展工作，与不受人指使的个体户有着本质区别。

法律规定，公司有义务保护劳动者的安全和健康。NHK作为组织将选举采访的重任安排给未和女士，就有必要探讨相应的对策，例如，准确掌握她的工作状态；如果预想到会出现过劳的情况，即便本人还有工作的意愿，也要勒令停止；必要时增加采访团队的人手等。管理人员本应该关注这些问题，却对遗属说这是类似"个体经营"的事业，过分得令人难以直视。我向NHK提问，是否有过"个体经营户"的发言，公关负责人如此回答："无法确认您指出的问题。"

疏于管理劳动时间的情况，也同样发生在现场报道的记者身上。根据未和女士的父母提供给我的资料，担任都政府记者俱乐部"首领"（记者的协调人）职务的40多岁男士，在接受涩谷劳基局询问时这样回答：

"光看出勤时间的话,似乎上班时间非常久,但是记者在采访间隙的空闲时间小睡一下,或者在咖啡馆里呆着之类的,都是自行裁量的。(省略)因为有时会直接去采访现场,所以记者也不是必须要去办公室,也不需要逐一汇报行程,比如去了哪个地方进行采访。这也和受访者有关,考虑到保护受访对象的因素,也不能把行程汇报得太详细,记者不用提供这样的报告。"

用到"裁量"这个词似乎听起来不错,但它也意味着直属上司对于每个记者的工作量知之甚少。

在职场也被孤立?

未和女士父母注意到了另一件事,那就是职场的人际关系和团队合作。

都政府记者俱乐部除上文介绍的男性"首领"外,还有三位前辈记者,未和女士作为唯一的女性记者也是其中最年轻的成员。她的同事们会如何回答守先生的以下指责呢?

"正常的公司组织里,年轻的女性职工一直夜以继日地加班,周末也出勤的话,就会有人警觉并为她提供帮助,呼吁外部支援,一起努力改善情况。记者团队的成员们是不是对未和冷眼旁观,下定决心只做'个体户'呢? 是没能做好自我管理的未和做错了吗?"

2013年7月30日,未和女士去世不久,NHK授予她"报道协会长特等奖"。奖项赞扬了未和女士"精心准备的采访和正确的调度,迅速报道出正确的当选信息""提升了NHK选举报道的声誉"。母亲惠美子女士至今也无法正视这个奖状。

"我根本不想要这种东西。一想到我的女儿为了争分夺秒地尽快报道当选新闻，自己却丢了性命，我就按捺不住心中的愤怒。"

为女儿的繁重工作感到担忧

1982年6月，父母在老家附近的长崎市某医院里生下了未和女士。惠美子女士是这样描述那一天的：

"总之就是阵痛让我很痛苦，像是有一把斧头要劈开肚子的那种疼痛。我想起来辉夜姬的传说故事，记得是竹子咔嚓裂开，辉夜姬就出生了。要是个男孩子，我都想给他取名叫'竹夫'了。"

孩子出生的时候脐带缠绕在脖子上，助产士拍了拍她的脸颊，她就开始哇哇大哭。

"一般脐带缠得这么紧都有可能是死胎，这个孩子生命力很强啊。"

医生的话让母亲感到了幸福，正因为忍受过了痛苦，所以更加疼爱这个孩子。当她把孩子圆圆的小脑袋抱在怀里的时候，觉得自己甚至愿意为了她牺牲自己的性命。母亲给孩子取名"未和"，蕴含着"将和平带给未来"的意思。

从那以后，未和女士就一直是母亲引以为豪的女儿。

"都说'青出于蓝而胜于蓝'，我对未和一直以来都是这样的感觉。"

未和女士是三个兄弟姐妹中的老大，会照顾弟弟妹妹，是个孝顺的女儿。她不仅学习出色，还擅长弹钢琴、跳芭蕾。

在一桥大学学习法律的时候,未和女士开始对媒体工作产生兴趣。在惠美子女士的推荐下,她参加了一个可以让大学生参与新闻编辑的广播节目。未和女士很快就全身心投入其中,还自费前往冲绳采访报道。不知不觉间,她开始以成为一名记者为目标,求职的第一志愿NHK发来内定邀约的时候,这对母女喜出望外地手牵手:"成功了!"

之后,未和女士在鹿儿岛广播电台负责报道事件和事故。

"为了让警察局的人们记住我的脸和名字,我就把大名片牌挂在脖子下面和他们打招呼","为了不在采访应酬的时候喝醉,我还把手指伸进嘴里催吐"。

偶尔在正月里见面的时候,惠美子女士被女儿工作中的故事惊得目瞪口呆。

未和女士调到东京工作后,只在父母的公寓里留宿过一次。那天守先生还在圣保罗,母女二人独自过夜,一起品尝了惠美子女士亲手做的饭菜,一起睡在起居室榻榻米上的被窝里。

"我呀,睡觉前会做瑜伽噢。"

这么说着,未和女士就摆了几个姿势给母亲看,略显笨拙、弯曲身体的样子十分滑稽,母女俩都大笑起来。

不过毕竟也累了,她们稍微玩闹了一会,就马上躺进被窝睡觉了。惠美子女士觉得睡觉太可惜了,就一直醒着没睡。

"妈妈,怎么不睡觉?"

"和你在一起的时间太宝贵了。"

这么说着话的时候,母亲能听见女儿的呼吸声,为了不吵醒女儿,她轻轻地抚摸着女儿的额头。

"未和的气味，未和身体的温度，我永远不会忘记。"

那个充满回忆的房间，现在摆放着未和的遗照。

父亲守先生从年轻时起就经常被派往海外工作。这是世界领先的大型机械制造商员工的宿命。即使远隔万里，守先生对家人的思念也从未停止。在此介绍一封未和女士去世3个月前守先生发送给她的邮件，应该是女儿送上生日祝福后父亲的回信。

未和：

感谢来信。

你出生的时候我在哥伦比亚，所以不能在现场迎接你，但是每周妈妈都会给我寄来信件和照片，分享你的成长过程。回国以后我们第一次见面的时候，你已经在蹒跚学步了。抱着我幼小、柔软又可爱的孩子，我也有了为人父的真实感受。毫不夸张地说，从那以后的31年里，我的生活意义就在于抚养孩子们平安长大成人。

我想你应该一如既往地每天都在忙碌，但除了工作以外其他方面也要努力，更多地找到那些能成为自己生活价值的东西，这样漫漫人生路上受挫时，你才能够获得支持。30岁左右的时候，人会积累到一定的社会经验，是最为精力充沛的年龄，但同时工作负担也会变重，这就是工作与生活。定期接受健康检查，不要疏于照看自己的身体呀。那么，我们黄金周假期见。

4年后公布事实的背后

2017年10月4日，NHK晚上9点开始的《新闻观察9》节目中第一次报道了有关未和女士过劳死的新闻。

报道出现在节目中间大约9点30分的时候，持续了2分钟左右，展示了未和女士身在现场手持麦克风的照片，并说明了3年前她的死亡被认定为工伤事故。新闻主播面朝摄像机，这样朗读NHK的评语：

"以这起事件为契机，我们开始推进工作方式的改革措施，重新审视记者的出勤制度，要为全面确保职员的健康而更加努力。"

想必有很多人看到这则新闻报道都会感到不可思议。自未和女士死亡已经过了4年，工伤事故认定也过去了3年，为什么没有在当时立刻公布消息呢？NHK解释如下：

"组织内部达成共识，决定未来不能让同样的事件再次发生。为确保改革的全面落实，我们认为有必要向全体员工传达信息，并对外公布消息。"

这点我无论如何都无法理解。虽说认为有必要为了落实改革而公布消息，但是为何突然在2017年秋天做出这样的判断？

单从新闻节目或是NHK方面的公告来看，似乎NHK是在主动地公布事件信息，但事实并非如此。这4年间，NHK的态度让守先生和惠美子女士怒火中烧，那年夏天开始，他们不断敦促用人单位予以真诚的处理，直接结果便是这个新闻公告。

父母的苦恼

"突然失去未和的空虚感和悲痛,让我觉得每天都只是机械地重复。"

守先生这样描述女儿去世3年多后的心境。惠美子女士一个劲地说着"我想去找未和",被医院诊断为抑郁症。为了防止她自杀追随女儿而去,守先生把家里的利刃都藏起来,还不得不每天守着惠美子女士。双亲所思所想的都是女儿,也一直感到自责:"我们以前多陪陪她就好了。"他们忙于生存,无心与NHK取得联系。

这样的情况在当时并没有引发问题,但之后回想起来,那个时候NHK的处理方法有诸多令人生疑之处。比如说,针对未和女士的死亡没有作出任何道歉。

未和女士去世后第二年的5月,父母受邀参加NHK举行的追悼会。守先生来到东京涩谷的NHK广播中心,在排成一列的干部面前向祭坛献上鲜花。

仪式的议程显示,该年度需要悼念的职员有15人,大多是40多岁和50多岁的人,"佐户未和"名字下面写着"享年31岁"的字样,非常刺目。本以为当时的会长籾井胜人等领导会说几句话问候一番,但实际上他们什么都没有说。

双亲意识到从那以后直到2017年的夏天,领导们从未作出任何道歉。追悼会后的2014年8月,未和女士所属的首都圈广播中心主任曾寄来信件。尽管中心主任没有说什么话,但信件的主要信息是:"谨向死者家属致以深切的哀悼和诚挚的同情。"虽然有"哀悼",但一句话都没有提及"道歉"。

NHK把内部人员的过劳死忘得一干二净?

　　另外一件让双亲无法忍受的事,就是未和女士的过劳死事件并没有在NHK内部传开。

　　未和女士的同事和同期的记者们不时会到双亲位于都内的家里拜访,为逝者敬香。他们的说法都一样,"尽管公司已经开始推行应对长时间劳动的措施,但未和女士过劳死之事并没有在公司内传开"。2017年春天过后,身体状况略有改善的惠美子女士参加了一些过劳死问题的相关聚会,而到场的NHK记者们都不知道未和女士过劳死的事件。

　　不论父母怎么指责公司,女儿也不会回来。即便如此,他们也想把指责公司作为转折点,促使其重新审视员工的工作方式,希望公司能够为预防过劳死而采取行动。把一位同事去世的事实传达给全体员工,就能成为推动组织改革的原动力,这就是守先生和惠美子女士的想法。

　　然而,即便NHK正在一点点地推动预防过度工作的对策,其内部曾发生了过劳死事件,以及关键的名字"佐户未和"却并不为人所知呢?

　　"为什么女儿的死讯没有被NHK员工知晓呢?"

　　父母开始对NHK产生怀疑的这个时候,过劳死问题得到了大众前所未有的关注。

　　2014年6月,也就是守先生参加追悼会后的那个月,日本国会通过了《预防过劳死等问题对策推进法》。2016年秋天,最大规模广告公司之一的电通公司有一位新进女员工被发现过劳自杀,引起了轩然大波。受这些影响,一直以来对过劳死问题睁只眼闭只眼的政府也开始宣传针对长时间劳动的对策。

作为将社会变化事无巨细加以报道的媒体，NHK每天不仅在新闻节目中报道事件，也在《朝一》等招牌节目里将过劳死、超时劳动作为节目主题。每一次看到这些节目，未和女士的父母都像是在伤口上撒盐一样痛苦。

"佐户未和的事又怎么说呢？ NHK就这么搁置自身的问题吗？"

他们心中对NHK的不信任日积月累，终于在迎来第4个忌日的时候达到了顶峰。

据父母说，女儿去世后的3年里，还没到未和女士忌日所在的7月，NHK都会提前一个月向他们提出要来吊唁。即使由于双方的时间安排，实际拜访的时间可能被推迟到8月，守先生和惠美子女士也将其看作"忌日的吊唁"。

然而，2017年情况有所不同。已经到了7月，他们也完全没有收到NHK方面的联络。

因为直到忌日前4天都没有收到联络，双亲就告知了律师。律师与NHK联系后，他们终于接到了"想来吊唁"的电话。首都圈广播中心主任来拜访的日期是7月26日。最终确实来吊唁了，但父母的怒火也因此异常高涨。

"就连忌日都不来关注一下遗属，NHK是在试图忘记佐户未和的过劳死事件。"

父母感到这样下去，女儿的事情会被逐渐淡忘，于是在8月向NHK提交申请书。其中表示，他们对于NHK的处理方式深感遗憾，希望将未和女士过劳死这一事实在NHK内部广而告之。

10月4日新闻报道的相关变化就是由这份申请书引起的，

了解到双亲怒火的NHK终于采取了行动。负责人与父母协商后，于9月末将他们邀请到涩谷广播中心，负责新闻播报的理事们则向父母当面道歉。作为在NHK内部广而告之的一环，父母在各部门负责人聚集的会议上进行了约30分钟的演讲。新闻报道两天后的10月6日，NHK集团的领导人上田良一董事长拜访了佐户家，并向二老致以歉意。

暴露出的沟通不足

回顾未和女士去世后的4年时间，我必须要说NHK的处理方式非常缺乏诚意。

其中最具象征意义的就是"道歉"事件。

NHK在新闻报道的第二天召开了上田董事长的记者招待会，会上他解释说："NHK方面了解到事故被认定为工伤后，首都圈广播中心的主任拜访了遗属并致以歉意。"然而正如前文所述，当时父母并没有把这次与中心主任的沟通当作"道歉"来接受。当事人不接受的道歉就不能算作道歉。此外，还有问题处理者的"职位"问题。中心主任不过是未和女士所属部门的负责人，并不是NHK的正副董事长或董事之类的大领导。我认为，单位的高层领导应该在更早的时候就赶到遗属家里向他们道歉。

而父母强烈要求的"在NHK内部广而告之"也未能及时落实，原因可能在于NHK方面的沟通不足。父母表示："为了防止此类事故再次发生，我们一直希望NHK内部人员都能了解未和的事。"未和女士的1周年忌日和3周年忌日，都有大批NHK

的人员参加，父母告诉了他们未和女士过劳死这一事实。显而易见，父母不希望NHK向内部人员隐瞒这件事。如果NHK当时愿意听取遗属的想法，真诚地处理问题，它就应该更早采取行动。

对外宣传也是如此。

从工伤认定到公布信息花了3年，NHK如此解释："当初遗属的律师表示，不希望我们公布信息。"

这一解释与父母的说法有所出入。

父母双方确实在说起当时的心境时表示："女儿刚去世的时候，我们自己为了生存都耗尽心力，没有闲暇考虑是否要对外公布消息。"但是他们只说无暇考虑，并没有说希望不公布消息。为了更详细地说明这一点，父母在新闻报道约一周后，与代理人川人博律师一起召开了记者会。根据会上的说法，川人律师领会了双亲的意向后，曾告知NHK方面"遗属并不考虑通过记者招待会发布消息"的大致内容。然而川人律师也提到，这并不意味着父母在制止NHK方面主动公布消息。他在记者会上的发言如下：

"我不可能要求NHK（不公布消息），（NHK）询问'是否可以公布'而我回答'不可以'之类的事肯定也是从未发生过的。"

显然NHK与遗属之间存在分歧。

NHK可以选择隐瞒逝者姓名而公布事件信息。作为一个新闻报道机关，它就找不到办法更早地将消息公之于众吗？

公司和遗属取得联系的时候，在细节方面尤其应该谨慎，要考虑到有可能会对沉浸在悲痛中的遗属造成二次伤害。不是单单在当事人去世后表现出谨慎处理的态度就能解决问题，起初隐藏在遗属心里的情感有可能几年后才显现出来。公司应该始终以认真的态度,思考遗属们到底在寻求什么样的结果。

在这一点上,NHK确实还有所欠缺。担任未和女士代理人的川人律师是过劳死问题的业界权威。他平时就经常和NHK的记者和导演多有往来,NHK本应该有机会拜托他申请与遗属和解。

未和女士的父母与我平时采访中遇到的其他遗属一样,和NHK这样庞大的组织相对抗,实现了对内公布消息、对外宣传报道的目标,我想对他们致以敬意。他们通过非同一般的努力,取得了这样的成果。未和女士的死亡被公开报道后,媒体行业过劳的真实状况逐渐进入人们视野。我作为同一领域的工作人员,很想感谢他们。

此外,我也想到,并不是每一个失去亲人的家庭都能像未和女士的父母一样为之奔波。过劳死遗属内心必然有各种各样的情绪夹杂在一起。我希望他们可以不被打扰,毕竟外界的谣言中伤相当可怕……即便遗属对公司感到愤恨,经受各种情绪折磨后,选择"什么也不做",也不应该有人责怪他们。

NHK会有所改变吗?

通过新闻报道未和女士的过劳死事件后,NHK对预防再次出事而采取的对策进行了积极宣传。2017年底,上田董事长发表了《工作方式改革宣言》,向社会承诺在自己的领导下,会防止过度劳动的情况发生。这些行为是否能被遗属认可,就取决于NHK今后的应对方式了。例如,未和女士的父母希望可以在面向年轻员工的研讨会上，站在遗属的立场谈论过劳死问题。我认为这是可以防止悲剧再次发生的措施，不过此类提议能否真正实现还有待观察。

未和女士去世1周年的时候，她在NHK的同事们制作了一本追悼文集。文集的封面是遍布原野的向日葵，仿佛象征着故人的性格。

"佐户是个充满活力的人。"

"比起自己的幸福更希望周围人获得幸福，她是一个温暖的、如春日阳光一般的人。"

同期的记者和同事们都发来了自己的肺腑之言。

守先生说：

"我愿相信，正是未和的牺牲把这些同事从过劳死的危险中拯救了出来。未和绝不是对NHK心怀怨恨而死的。她对记者这份工作感到自豪，尽职尽责地工作，度过了自己过于短暂的一生。未和喜欢的NHK如何应对我们这些遗属，又如何改善记者和节目制作组等职场的工作方式，我会一直关注的。"

> NHK的公关部门针对我的采访，以书面形式作了如下的答复：
"我们为失去了一位前途光明的年轻记者而感到悲痛至极，对这起过劳事件有深刻的认识。佐户女士的故去促使我们从本质上重新审视记者的出勤制度，同时采取行动，加快了工作方式的改革，以纠正长时间工作的状况。"
——关于佐户未和女士有可能少申报了自己的劳动时间
"我们曾指导过员工正确地记录出勤状况，因此我们认为不存在少申报的情况。"

——关于追悼会上的交流

"追悼会上告慰佐户女士的同时，还悼念了其他逝去的员工。NHK在追悼会后的那个月通过当时的代理人，了解到了佐户女士的死亡被认定为工伤。"

——关于道歉

"NHK方面了解到，2014年8月，佐户女士所属部门的领导，即首都圈广播中心的主任亲自拜访了遗属并致以歉意。去年我们得知她的父母并不接受当时的道歉，便由董事长和董事再次登门道歉。"

——关于在NHK内部广而告之过劳死事件

"NHK内部从未隐瞒佐户女士的过劳死事件，当时听闻对方的代理人说：'父母不希望公之于众'，所以我们认为有必要慎重地处理消息。"

——关于对外公布事件

"当时对方代理人告知：'父母不希望公之于众'，所以我们认为有必要慎重地处理消息。"

第四章　热血教师倒下了

　　教师是最容易因过度工作而死亡的职业之一。工藤义男先生是横滨市某中学的体育老师，2007年6月因蛛网膜下腔出血而倒下，随即撒手人寰。40岁正是年富力强的年纪，他全身心投入到学校足球队的指导工作当中，深受调皮学生的信赖，是一位"热血教师"。

扫墓

义男先生安葬在一座被绿植包围的山丘上。

2016年冬天,我与义男先生的妻子祥子女士(49岁)一起去川崎市为他扫墓。那天空气虽冷,但天气晴朗,万里无云。我们在停车场下车的时候,听见了周围小鸟在婉转地歌唱。

"这里的风景就和我丈夫家乡一样,我猜他会喜欢这里的。"祥子女士说着,走在我的前面。

义男先生出生在山口县的阿知须镇(现在的山口市),家族的墓地位于故乡。不过,祥子女士为了能随时从东京町田的家里出发为他扫墓,在这里为家人买了一块墓地,把骨灰分开安放。

作为丧主,她组织葬礼并买下了墓地……义男先生去世后,想必祥子女士一定忙得连悲伤的工夫都没有。我想起不久前从他们共同的朋友处听说:"葬礼上小祥一点都没有表现出心慌意乱的样子,非常了不起。"我认识祥子女士3年多了,可以想象她当时的模样。她作为"关注全国过劳死问题家族协会"的核心成员之一，尤其关注教师的过劳现象，为人们敲响警钟。祥子女士会在演讲会上发言，也会向行政机关提出请愿书。她文静却坚韧，总是在默默行动。

通过大门进入墓地后，我来到一片像西式庭院一样敞亮的地方。道路由红褐色的砖块相砌而成，随处可见的小型喷泉和天使雕像，让走过的路人感到赏心悦目。

那一天，我请求祥子女士务必带上我一起去扫墓。在与义男先生的家人、同事、学生、朋友等人交流以后，作为采访的收尾，我非常想来看看义男先生墓碑上镌刻的"某些文字"。

不过，我想在下文再详细介绍"某些文字"。因为，扫墓那天偶然遇见的人，和墓碑本身一样打动了我的心。

"啊，已经有人来了呢。"

当我们走向坟墓的时候，祥子女士停下脚步小声说道。有一名年轻的男性，正在往墓碑上浇水，他身穿灰色连帽衫和破洞牛仔裤。此人看起来目光犀利，外表冷峻，但注意到祥子女士后有些张皇失措，尴尬地低下了头。

"请问是他的学生吗？"祥子女士开口问道。

这名男子有点不好意思地回答："是的，我叫辉……"

"啊呀，你就是小辉呀！感谢你特地过来。"

义男先生某段时间经常提到这个名字，祥子女士听到以后内心充满了怀念，泪水涌上了眼眶。

辉先生（化名）现在已有30多岁，是义男先生教过的学生之一。"中学时期，同学里第一个被工藤老师骂的就是我。从那以后，老师帮了我很多。"

他曾经是年级里数一数二的捣蛋鬼，经常惹麻烦。而义男先生总是对他伸出援手。即使半夜用手机给老师打电话，老师也会马上给予建议，赶来帮他。

祥子女士还记得，义男先生的手机下班后也常常响起。

"没有电话的话，丈夫就会担心地小声嘀咕，那家伙没事吧，不知道是不是一个人寂寞地呆在某个地方。"

从事油漆工的辉先生那天正好休息，突然就想来为恩师扫墓。他的手机通讯录里，至今还存着义男先生的电话号码。

"还是舍不得删啊。"辉先生发自内心地感叹道，在墓碑前双手合十。

尽管义男先生已经去世10年，但曾经的学生们依然会来为他敬香、献花。真是令人感动的场景。

祥子女士小声说道："时不时地像这样，丈夫会让我遇到不同的人，这种时候我就觉得他似乎在天国守望着我。"

从修学旅行回家后……

"好累，头痛。"

2007年6月14日晚上9点左右，下班回家的义男先生似乎累得都没有力气在玄关脱下鞋子。他皱着眉头一步步爬上楼梯，倒进了被窝里。义男先生有着太阳晒过的小麦色皮肤和厚实的身板。祥子女士回忆说，那天，丈夫大学时期作为美式足球选手锻炼出来的身体仿佛格外痛苦。

2007年4月义男先生入职横滨市立蓟野中学，学校举行了三年级学生的修学旅行，那天是结束的日子。修学旅行是为期三天两夜的广岛和京都之旅。负责带队的义男先生在酒店附近一直巡视到天明，检查每一个学生的房间。

那天以后，义男先生就经常受到严重的头痛折磨。即使平时上课请假不去，周末的社团活动他也一定会参加，这就是义男先生的行事风格。休假的时候他去附近的诊所接受了诊断，但医生找不到病因，只能让他静养。

6月20日上午，也就是义男先生旅行回来后的第6天，他决定"这次还治不了的话就休长假"，再次去了诊所。然而，他在等候室因蛛网膜下腔出血而倒下，失去意识5天后停止了呼吸。

祥子女士说，自己最后一次和义男先生说话就在20日早上，他出门去诊所之前。

那天，他们上中学二年级和小学四年级的两个女儿都出门了，难得留给夫妻二人片刻独处时光。义男先生昨晚严重的头痛有所缓解，躺在沙发上放松。

"马琳说长大以后想做幼儿园老师呢。"祥子女士说起二女儿的志向，义男先生略微有些惊讶，不过马上笑着说："有出息呀，说不定很适合她呢。"

电视节目里，有很多人在议论一位宣布自己罹患乳腺癌的女艺人。

看着节目的义男先生突然小声嘀咕："绝对不要在我之前死掉啊。"

这么软弱的话不像是平时的义男先生会说的，但祥子女士没想到，这即将成为他们之间最后一次谈话，随口回答说"好呢",就催促义男先生出门:"差不多该走了吧。"因为她注意到,门诊时间已经开始了。

"也是,那我出门了。结束以后我去一下学校,自己开车去哦。"

义男先生说着,神色平静地走出了家门……

"别认输啊义男"

"他直到最后都在努力奋进,最终倒下了。要说的话,也确实很像他的做事风格,但我希望他能再好好地多活一会儿。"

不记得是第几次采访的时候,祥子女士用仿佛已经抹杀了悲伤的平静语气对我说。

客厅里装饰着很多义男先生的照片,这些照片上他给人的印象用"精悍"一词足以描述。有运动会上他身穿白色网球衫,手持比赛用手枪的照片;有在办公室里摆格斗技姿势拍的照片;还有他剃光头的照片。据说,当时有学生参与了盗窃行为,为敦促学生反省,义男先生就自己用理发推子剃光了头发。

义男先生在横滨市的中学任教18年,以对学生的热情关怀而闻名。在他最后任职的蓟野中学,同事这样描述对义男先生的印象:

"我一看他和孩子们打招呼的样子,就知道来了位好老师。他给孩子们带来了自己响亮的声音和开朗的笑容。"

义男先生西服胸前的口袋里,装着他写日记的小手账本。他给祥子女士展示日记的时候,充分表现出了对于教师工作的热情:

"社团的气氛比较低迷，不过现在开始才是关键，别认输啊义男。"

"不要气馁！不要讨好学生！常怀斗志，奋斗向前进！"

"毕业典礼结束了。这次我大哭了一场，是一次流泪的仪式。"

祥子女士还给我们看了另外一样物品，她称之为"宝物"，是义男先生去世后学生寄来的一捆信件。我在此展示其中的一部分，男同学真诚直白的语言传达出了义男先生存在的伟大意义：

"我要向您道歉、向您表示感谢的事都还有很多。现在已经没有办法直接告诉您了。但是，我相信您一定能接收到。工藤老师……您过得好吗？我们一转眼已经是毕业班的学生了。希望老师也可以看到我们成熟可靠的样子。工藤老师在我心中永远都是恩师，不会忘记您。"

义男先生在男女同学中都非常受欢迎。有位女同学在蓝色波点花纹的信纸上这样写道：

"工藤老师去世后已经过去两个月，我还是难以相信那么精力充沛的老师离开了我们。大家都很喜欢也很信赖老师，情人节的时候，几乎所有女生都到办公室给您送巧克力（笑）。修学旅行老师对女生发火的时候，我们特别惊讶。不过那时要是老师没有生气，我们也不会意识到自己的行为举止有多么糟糕。您真的很关心学生。"

"正义的英雄"

义男先生的突然离世让他的学生们感到非常震惊。

"工藤老师就像正义的英雄，不论遇到什么样的危险都不会死去。根本想不到他会去世，感觉一点都不真实。"住在横滨市的堀川悌先生（29岁）这么告诉我。

　　堀川先生毕业于雾岗中学，那是义男先生入职蓟野中学前工作的学校。他从本地的高中毕业后升入横滨市立大学，如今在外资保险公司做销售员。我通过祥子女士向他提出采访邀约，在东京丸之内的咖啡馆里见到了他，是一位身穿修身西装的爽朗男士。他开口第一句话就向我承诺："工藤老师的事我会全力配合。"

　　我约堀川先生见面，是为了更多了解义男先生担任足球社团顾问时期的情况。义男先生倾注了最多精力之一的事业就是指导社团活动。虽然他本人以前并没有踢过足球，但当教师的第一年时被安排担任顾问，由此开始学习教学方法，最终执教了横滨市的入选队伍。义男先生在雾岗中学任教期间结识的其中一位社团成员，就是堀川先生。

　　社团晨练从早上7点开始，放学后当然也有练习。与其说义男先生是指导教练，倒不如说他更像一名社团成员，他的执教风格就是与成员一起在操场上奔跑。

　　"说实话教练的球技也不是那么好，但是他跑得非常快，社团里谁也追不上他。"

　　一说起过去的那些事，堀川先生的眼睛就闪闪发光。

　　义男先生不喜欢吃苦耐劳的理论，他要求队员们"边踢球边思考"，研究如何从内部突破对手的防守线，在比赛的不同时间段改变进攻的方式——被授予"9号"球衣担任前锋的堀川先生,在义男先生的指导下学到了与对手攻防之间的深奥学问,也爱上了足球这项运动。比赛中堀川先生完成进球回到替补席的时候,义男先生双臂交叉对他笑嘻嘻地低喊:"小悌,你可以啊!"

义男先生称呼堀川先生为"小悌",但从不把他当成小孩子对待,该骂的时候绝不心软,该夸的时候也毫不吝啬,如此牢牢抓住了少年的心。

虽然大家踢足球很开心,但毕竟是敏感的中学生。他们也会调皮捣蛋,有时不听老师的话。堀川先生就是学生当中自认为"给老师添了最多麻烦的人"。

当时他正处于叛逆期,无论在教室还是操场都不听从大人说的任何话,惹出了很多麻烦,被其他老师视为问题学生,避之唯恐不及。

"但是只有工藤老师来批评我了。"

某天,堀川先生朝自己不喜欢的老师扔了乒乓球。知道这件事后,义男先生把他叫出来,坐在办公室前的花坛边一起谈心:

"小悌,怎么了?遇到什么事了吗?"

"不知道……"

"不管你有多讨厌他,都不应该扔乒乓球吧。"

"……"

义男先生的谈心持续了一两个小时。他当时应该非常忙碌,但是也没有劈头盖脸地骂人,一次都没有中断过谈话。

堀川先生毕业后再次回到母校,义男先生很高兴地笑着说:"我等着和你们一起喝酒啊。"堀川先生一直期待着这一天的到来，哪想到在自己20岁生日的3个月前，收到了义男先生的讣告。

在结束与堀川先生的采访时，我问他从义男先生那里学到的最重要的东西是什么。他立刻给出了回答：

"真诚待人的重要性吧。工藤老师总是认真对待浑身带刺、很难对付的我。推销保险也是一份与人打交道的工作，真诚待人就会收获好的结果。我就是带着这样的想法努力工作。"

终年无休的繁重工作

宫泽贤治的名作《不怕风不怕雨》中有这样一段诗：

　　若东边有生病的孩子/就去照顾他
　　若西边有辛劳的母亲/就去背起那些稻束

接下来还有去南边抚慰垂死之人，去北边制止争吵之类的内容。在采访义男先生工作状况的时候，我想起了这一段文字。

如果听到消息说有人吵架，他会冲出办公室进行调解。要是有学生在学校受伤，他会去医院探望，并向父母说明情况。教室的玻璃窗被打碎的时候，他会向警察低头道歉："抱歉，给你们添麻烦了"，请求他们对"犯罪"的学生从宽处理——年轻、顽强、关怀学生的义男先生总是在四处奔波。

他在校内担任的职务数量也足以说明义男先生的繁忙。

来看一下义男先生去世前一年的2006年，他在雾岗中学担任的职务。首先是每个学校各有一名的"学生指导专员"（以下简称"专员"），这个职务可以说是负责学校所有学生指导事务的核心。根据市里对岗位工作内容的概述，专员不仅要自己对学生进行指导，还要协助同事们指导学生。他还要负责充当与社区的联络人，密切处理残障学生的相关事务。可能是考虑到工作量过大，担任专员的老师所承担的课时原则上一周应在"10小时以内"，且不能兼任年级主任或学级负责人等其他职务。

可是，义男先生在雾岗中学兼任了三年级学生的年级主任。而且，从年中起，他还开始参与升学就业指导的工作。以市级的纲要文件来看，这属于异常的工作方式，工作任务显然很繁重。义男先生去世后，雾岗中学当时的校长向参与公务伤害认定的神奈川县级机关报告如下：

"由于缺乏有资质、有能力的员工，我们别无选择，不得不请有能力的受害职员*兼任职务。"

雾岗中学之后的蓟野中学也是一样，义男先生第一年就被任命为专员。在陌生的学校突然被任命到这个职位上，对他来说想必是个不小的负担。

祥子女士说，丈夫回家早的时候也要8点或9点左右。即使回家以后，也要在客厅的桌子前，面对电脑工作到午夜0点，制作学校的讲义。凌晨睡下，第二天早上6点左右又要起床参加足球社团的晨练。在这样的生活方式下，义男先生每天的睡眠

---

* 指义男先生——作者

时间很难超过5个小时。周末也有社团活动，放长假想和家人一起远行的时候，一般也要事先去核查修学旅行的安排。这相当于一年365天，没有一天可以彻底离开工作。

义男先生总是说："教师是我的天职。"不管是热衷于执教足球队，还是管教不良学生，都是因为他对于教师这份职业充满热情和自豪。从这个意义上说，义男先生绝对没有违反自身的意志而过度工作，但是他的身体确实发出了悲鸣。义男先生去世前几个月，就对祥子女士抱怨说头痛、手麻、胸闷。一直以来从不遗漏的日记，也出现了越来越多的空白页。

即便如此，义男先生还在继续前行。

去世5年后的2012年，义男先生的死亡被认定为公务伤害。他死前一个月内的加班时长约有100个小时。然而，这不过是目前行政机构掌握到的工作时间，若是加上在家加班，实际工作时间恐怕会更久。

中学老师有六成达到过劳死红线

有很多像义男先生一样的"热血教师"，为孩子们的教育事业牺牲了自己的健康和个人生活。文部科学省2016年的调查显示，约六成公立中学教师都以超过"过劳死红线"的状态在工作，小学也有约三成教师处于同样的状况。

对良好教育的追求是没有止境的。面对发出求救信号的孩子们时，我也理解教师不可能有心思讨论工作时间之类的问题。可是如果不采取行动，我们有可能会失去越来越多辛勤工作的老师。

当然，我并不是在说"为爱而工作的老师们有错"。问题在于，教育领域没有形成预防过劳的机制。

文科省2016年的调查表明，只有不到30%的学校使用考勤机或电脑系统记录教师的上下班时间。连正确记录工作时间的习惯都没有落实，这样的话是不可能预防过劳死发生的。学校已经开始采取各种各样的对策，包括聘请校外教练带领社团活动、灵活使用业务专员等。为了确保这些对策的效果，有必要在每一所学校的办公室都引入考勤机。

另外让我感到吃惊的还有教师的加班工资。决定教师工资的法律规定，可以在原工资上统一增加4%来替代加班费。也就是说，不管教师实际工作时间多久，加班工资数额不变。有了这样的规定，那就没人会认为需要正确记录工作时间了。

我认为应该使用考勤机，并根据工作时间支付相应的加班工资。要是没有这样的改革，就不可能让教师的过劳死人数减少为零。

10年后

话题回到工藤先生一家的故事上。

祥子女士至今还记得义男先生去世时的样子。

被救护车送进医院的义男先生没有恢复意识的希望。于是，护士在他的病房里放了一张床，让祥子女士和女儿们一起住进病房照顾义男先生。和他聊天、给他刷牙，营造出一种神奇但友好的氛围，女儿们也从医院出发去上学。

义男先生昏倒后第五天的下午，大家正在一起看他喜欢的电视剧,警报器突然响了起来,显示义男先生的心跳在减缓。医生宣告他死亡之后,很多医疗设备马上被搬走,只留下尸体躺在床上。

祥子女士望着床,牵起两个女儿的手,低声说:"坚持住。"她在对女儿们说,也是在对自己说。

"我要尽力坚持10年。"祥子女士想。10年后大女儿实咲将参加工作,而二女儿马琳将进入大学。不管怎样,要坚持到那个时候吧。即使丈夫不在身边,也一定要让两个女儿幸福生活……

然而,这绝不是一件容易的事。

我采访了大女儿实咲女士。

"非常辛苦……但是我想,母亲应该更加辛苦……"

她双手捧着咖啡杯,低头说道。在东京四谷挤满了学生的热闹咖啡馆里,只有我们这一桌的气氛略微有一丝尴尬。

采访实咲女士的时候,是我收集义男先生资料期间最紧张的一次。彼时她已从大学毕业,就职于一家大型连锁餐厅,但是在父亲去世当时,还只是一个中学二年级的学生。她和义男先生面对的孩子们一样,处于内心同时有"大人"和"孩子"的敏感年纪。父亲的死亡在她心里留下了什么样的阴影呢? 我很担心多年来隐藏起来的情绪,会经由采访涌现出来。

但为了了解这个家庭在父亲去世后的10年里是如何生活的,我非常想与实咲女士聊一聊。她本人也答应了。我们约好要是采访期间有可能伤害到她的情绪,随时都可以结束话题。于是,我来到了咖啡馆。

不出所料,平时开朗快乐的实咲女士提到义男先生的话题后,表情似乎蒙上了一丝阴影。她仿佛很难用语言描述当时的复杂情感。

"父亲非常善良温柔。在家里母亲是负责批评的人,父亲则是跟在我们身后的人。我有很多和父亲一起玩耍的记忆,一起去买东西,一起去动物园……"

我比平时采访的时候更加小心,尽量不问太多问题,让实咲女士放松地与我交流。

"父亲去世时候发生的事,我只有零星的记忆。虽然已经知道他死了,却觉得像是发生在其他人身上的事。就算看到他意识不清躺在床上的样子,不知道为什么看起来也不像父亲而像是其他人。当时,身处现场的我也仿佛变成了局外人。"

当一个人在经历真正痛苦的事的时候,往往会觉得自己不再是自己,会把现场发生的现实接受为一种虚构的事实。实咲女士在父亲临终的时候,可能就是处于这样一种心理状态。这是非常令人担忧的状态,如果不在当时发泄出痛苦的感受,就会一味地堆积在自己心里。实咲女士也是没有办法才陷入如此境地的。

"父亲走了以后我马上感到很寂寞,但是这种心情绝对不能和母亲说。因为,我觉得这样只会让母亲更加痛苦,我知道母亲自己一个人独处的时候会哭。"

听着实咲女士描述当时的情况,我深切体会到她们当时的痛苦。

祥子女士一直非常忙碌,一边工作一边开始为申请义男先生事故的公务伤害认定而活动,晚上直到很晚才会回家。二女儿马琳女士当时还是小学生,还没有到可以交心谈话的年龄。实咲女士非常孤独。

当时,实咲女士应该有很多心事。已经是半大姑娘的实咲女士心里自然明白，自己必须要支持祥子女士。那么，谁来照顾实咲女士自己呢？她的身边没有这样的人。原本她就处于青春期巅峰的十五六岁年纪，即使在和平安稳的家庭里也有可能产生独立心，开始反抗家长。她做不到在母亲要死要活苦苦挣扎的时候把手放在母亲背上安慰她，做不到那么聪明乖巧的样子。实咲女士曾经看到在厨房工作的祥子女士喃喃低语："想去找你父亲。"可能和母亲一起痛哭一场会更好，但她只是漠然回应"这样啊"，然后转移了话题。

每天痛苦度日，导致实咲女士开始在深夜外出，也就是染上了"不良行为"。注意到这点的祥子女士努力想要阻止女儿，甚至还在家门口大打出手。

"不知自己将来会如何，我们家又会变成什么样子。我感到坐立难安，也就不再考虑这个问题，感觉'已经不在乎了'。在外面和朋友一起狂欢聚会也不是那么开心，但是除此以外也没有什么可做的。母亲当时拼命想阻止我外出，我也不在乎她，甚至觉得她很烦。当时自己就是这么想的。"

一个多小时后我结束了对实咲女士的采访，踏上了回家的电车，感到自己也十分疲惫。对于实咲女士来说，一定也是心情沉重的一个小时吧。不过离开咖啡馆的时候，实咲女士爽快地说："下次随时可以再聊。"我非常感激她的体贴。

我坐在电车上思考，那时的工藤家庭可能已经到了崩溃的边缘。

就我的印象而言，祥子女士和实咲女士非常相像。不仅指外貌长相，性格上有韧性、不示弱的方面也相似。比如，她们即使遇到痛苦的事也不会责怪周围人，而是努力让自己坚强地忍耐过去。当失去义男先生这个家庭顶梁柱的时候，她们没有示弱，而是拼命生存了下去。然而即便如此，我认为她们的家庭中仍然有一块无法填补的空缺。她们让我清楚地看到了成为过劳死受害家庭后的艰辛。

拯救家人的是……

　　义男先生的同事、朋友以及学生们纷纷向这个陷入困境的家庭伸出援手。这些人的存在都是必不可缺的，在此我想介绍一下前文中出现过的"小悌"堀川悌先生。

　　流连夜生活的实咲女士虽然从高中毕业了，但已经没有希望升入大学。当时已经是大学生的堀川先生从祥子女士那里听说了这事，主动提出要当实咲女士的家教。堀川先生从正面闯进了实咲女士荒芜不安的内心。

　　"我以前也曾经很狼狈，但现在也过得有模有样了，你一定没问题。"堀川先生不停地鼓励她，在上课间隙为她讲述义男先生在学校活跃的样子，一点一滴地融化了实咲女士冰封的心。

　　"起初我没有认真听堀川先生讲的话，但渐渐地我在想，是不是以前我父亲也是这样对堀川先生说过话。这样一想，就觉得自己应该要努力了。"

　　于是，实咲女士不再出去玩耍，转而开始学习。她尤其不擅长英语，但幸运的是，堀川先生当时刚刚从加拿大短期留学回国。他用幽默的方式向实咲女士传授外国的风土人情，让她喜欢上了英语。实咲女士通过学习顺利进入大学，还在就读期间到加拿大的寄宿家庭游学。

堀川先生回忆起当时的情景：

"我刚听说的时候，实咲的状态确实相当糟糕。但是我相信她可以重新调整回来，毕竟她是工藤老师的孩子啊。这孩子不可能回归不到正轨上。这一点我从来没有怀疑过，而我只是为她提供了一点帮助罢了。"

当然，堀川先生并不是唯一支持工藤一家的人。还有像当时足球队的教练同事们，直到现在也会在每年圣诞节的时候给工藤家的女儿们赠送礼物。他们照顾女儿们，是为了让她们不要因为父亲不在而感到寂寞。他们在工藤家被称为"圣诞叔叔"，每年孩子们都对礼物满怀期待。

失去了顶梁柱的工藤家现在也坚强地挺立着。实咲女士辞去了毕业后在连锁餐厅的工作，如今在外资的咖啡连锁店任职。二女儿马琳女士2018年1月迎来了自己的成年礼，为了自己儿时的梦想"幼儿园老师"而努力学习。

祥子女士在10年间出色地完成了作为家长的使命，而且还组建了横滨的"关注神奈川过劳死等问题家族协会"并出任法人代表，不断为解决教师的过劳问题而开展活动。

她一直在向身边的人表达感谢之情：

"10年里，托大家的福，我们才能够生存下来。"

"斗志"

我和祥子女士一起去扫墓那天，墓地沐浴在不像隆冬时节的灿烂阳光里。

目送早先来过的辉先生离开，我终于可以见到墓碑。碑前供奉着义男先生喜欢的罐装啤酒，我猜是他的大学同学高桥正之先生放的。高桥先生总是在这里开两罐啤酒，一罐自己喝掉，另一罐供奉给义男先生。我之前采访时听高桥先生说过这事："工作不顺心的时候，就来和他说说话，'工藤，帮我一把嘛'。"我边想着边蹲下身，有两个字映入眼帘：

斗志——

这两个字被刻在灰色的墓碑上。

祥子女士收纳骨灰的时候，特别要求工匠雕刻上文字。义男先生把这个词视为人生信条，喜欢到甚至把负责班级的班报标题命名为《燃烧的斗志》。

我盯着这两个字，似乎可以看到照片里见过的义男先生精悍的笑脸。我在脑海中回想着至今采访收集到的资料，双手合十深深一拜。

在我印象里，义男先生就像太阳一样。他与生俱来的阳光个性让身边的人也变得开朗积极、一往无前，我觉得他就是这样的人。采访义男先生的同事和学生们期间，我注意到一件事，他们每每提到与故人之间的回忆，都会露出笑容。

堀川先生回想起穿着运动服的"超速教师"（学生之间给义男先生取的外号），眼睛都发光了。他还从销售包里拿出一个小小的护身符给我看，护身符上绣着"斗志"二字。

即使已经去世10年，名为工藤义男的光源也没有失去它的力量。

> 横滨市教育委员会的负责人说："基层教师确实繁忙，不过最近学校层面也意识到需要革新工作方式。除了预防过劳死外，学校也将致力于改革，让老师以充满活力的姿态面对孩子们。"2018年3月起，全市所有的公立中小学都启用了管理上下班时间的考勤制度。此外，学校还推进了一系列举措，如设立社团活动休息日，配置协助教师完成业务的"办公室业务助理"，晚上学校的电话使用答录机，以减少教师与学生监护人之间的沟通负担，等等。

专栏二

检查一下工作时间

　　一般工作多久才会造成过劳死，这是许多人会关心的问题吧。

　　诚然，每个人的身体素质各有差异，不仅受到工作时间的影响，还有工作带来的压力强度、家庭生活忙碌程度等多种因素也参与其中，所以不能简单地一概而论。在此仅作为一个粗略的标准，我想与大家分享国家（劳动基准监督局）认定工伤事故的基准。

　　针对由心脑疾病，如蛛网膜下腔出血和心力衰竭致死的"过劳死"，一般把"发病前1个月内加班100小时，前2到6个月平均加班80个小时"视为所谓的"过劳死红线"。加班时间超过这条红线而累倒的人，普遍都被认定为工伤。举个例子，如果某人10月1日早上出现脑溢血，那么就要检查此人9月份的加班时间是否超过100个小时。即使9月和8月都只加班80个小时，但要是7月份加班时间达到120个小时的话，3个月平均加班时间即为80个小时，符合工伤认定的标准。工作时间绝对不可以超出"过劳死红线"。

　　之所以把"时间"作为基准线，是基于一个人能够确保的睡眠时长。医学研究证明，如果持续地无法保证每天4到6个小时的睡眠，人体的血压会上升，并对大脑和心脏产生负面影响。假设每天吃饭、通勤、处理私事大约需要5个小时，如需确保6个小时的睡眠时间，那么一天的工作时间就要限制在13个小时以内。若工作期间可以休息1个小时，那么每天最多只能工作12个小时，而每天4个小时的加班会成为转折点。每月工作20天的话，4小时乘以20天就出现了"每月80小时加班"。如果加班时间超过这个数字，过劳死的风险就会增加。

然而，并不是说在过劳死红线以内，加班工作就是绝对安全的。

如果仔细阅读国家标准，可以看到，在加班时间大于每月45个小时的员工身上，与疾病的相关性就会渐渐高起来。也就是说"80个小时"无疑是一张红牌，但"45个小时"就已经是一张黄牌了。我们应该牢记在心，每天加班多于2个小时就有可能致命。

以此为前提，我想奉劝所有职场中的人，务必对工作时间进行自我检查。你是否能立马回答出来，过去3个月里一共加班工作了几个小时？恐怕越忙的人越是回答不出来吧。

其实这也不是什么难事，试着在日程本上记录下工作的开始、结束时间吧，尽量当天就记录时间。如果连续好几天都很忙，就很容易忘记几天前到底工作了几个小时。如果把工作时间都记录下来的话，大概1周以后，最迟2到3周后就能粗略地计算出工作时间。借助客观的数据回顾自己的工作状态，可能就会意识到自己已经处于危险之中。正如本书前面提到的，像学校老师那样领着定额的加班工资,就会失去对工作时长的关心,从事这类工作的人,务必要养成做记录的习惯。

　　记录下来的时间毫无疑问应该是"真正的开始和结束时间"。被迫义务加班的人、回家后还要为第二天工作做准备的人,也都应该把这些时间记下来。或者,本人没时间记录的话,可以请家人帮忙完成,写下自己离家和回家的时间。减去通勤路上的时间,就可以大致得出自己的工作时间。

　　本期专栏聚焦的是工作时长,当然还有其他指标可以展现工作的劳苦程度。深夜或清晨出勤、频繁出差、异常恶劣的工作环境(极度寒冷或嘈杂)等因素也会为员工的健康带来重大影响。我希望所有人都可以牢记这些因素,经常检查自己的工作状态是否安全。

第五章　超市员工义务加班后
迎来过劳死

家住埼玉县的富山久则先生(化名)在首都圈的热门超市"稻毛屋"担任卖场的销售主管。2014年6月因脑梗塞而离开人世,时年42岁。他在连续不断的"义务加班"后不仅没有获得报酬,反而付出了自己的生命。

脑梗塞

"再工作下去我真的要崩溃了。"

2014年5月17日夜晚，久则先生向好友发送了这样一封邮件。8天后的25日下午，久则先生像往常一样到"稻毛屋志木柏街店"出勤接待顾客时，突然出现了无法说话的症状。他自己拨通了119，被救护车送进了附近的综合医院。

当时医生对他进行了检查，却没有发现任何异常，只是入院观察了几天。久则先生自己一个人生活。听到消息后父亲信一郎先生（化名）从神奈川县的老家一路赶来，看到久则先生躺在病床上状态似乎很糟糕。"我身体不太舒服，就被带到了医院，不过没有什么异常。"父亲对穿着睡衣、挠着自己脑袋的儿子说了句"别太勉强自己哦"，就离开了病房。

虽然父亲当时看到儿子并无大碍就放下了心，但他仍然担心"是不是超时工作了呢?"久则先生入职已经快20年，每隔几年就在埼玉县的店铺当中来回调动，一直都在基层忙忙碌碌地工作。

久则先生负责的是一般食品(杂货)区域,主要管理豆腐、牛奶、加工食品、调味品等货物的采购和销售。这一岗位的特点就是需要有广泛的产品知识。10多年前,久则先生就被任命为卖场的"销售主管"。这是一个劳心劳力的职务,不仅要听从店长、副店长的指示,还要管理包括临时工和兼职工在内的下属团队。父亲有个微弱的期盼:"他再晋升一点是不是就能轻松了呢?"

在医院度过7天后,久则先生就出院了。出院2天后,他回到了职场。回归工作岗位没多久的6月5日晚上,他就被真正的脑梗塞击倒了。

那天7点11分工作结束后,久则先生对同事说"我去参加乐队练习",就离开了办公室。对音乐兴趣浓厚的久则先生和稻毛屋其他分店的员工组建了一支乐队,他是贝斯手。那天晚上下着雨,久则先生把自己的私家车停在了超市顾客也可以使用的停车场里。晚上7点25分,路过的顾客发现久则先生躺在自己车子旁的雨水中。

他被送到了5月份已经去过的同一家医院。医生告诉再次赶来的信一郎先生:"病人可能无法恢复意识。"

这可怎么办……信一郎先生决定把躺在床上的儿子转移到神奈川县的医院里。他想起了久则先生身体状况良好的时候曾说过:"如果要死了,我想死在能看得到富士山和大海的湘南。"

久则先生非常喜欢家乡小镇,在那里一直生活到大学时代,他曾经这样小声自语过。富山一家的故乡位于湘南的一个沿海小镇,那里海风宜人,夏天的时候有大批来游泳的人,到处熙熙攘攘。

等你病好了,就能再一次看到大海了——父亲每天对久则先生这么说，等待他身体恢复，但是愿望未能实现。2014年6月21日，久则先生倒下后的第17天，他一次都没有恢复意识，就这样静悄悄地在病房里离开了人世。

海风吹拂的小镇

2017年5月，我到访了久则先生的家乡，那一天的阳光强度堪比盛夏。到的时候已过晌午，距离目的地最近的车站看不到大海，但是偶尔拂过脸颊的微风似乎混杂着海水的气息。

采访地点约定在富山家附近的社区活动中心，从车站打车过去只需几分钟，信一郎先生也骑着摩托车准时到达。他停车后摘下头盔，用毛巾擦了擦额头上的汗水，爽朗的模样看起来不像77岁的人。"辛苦你跑一趟，请往这边走。"看到他郑重其事邀请我走进社区活动中心的样子，我都感到有些惶恐。活动中心里没有人，我们在居民平时聚会用的榻榻米上相对而坐。信一郎先生把带来的资料摊在桌上，其中有一本大学毕业相册。相册里的久则先生是一位长相周正的青年，有一双狭长清秀的眼睛。他有一头及耳的中分直发，应该是当时流行的样子。据说他从高中的时候就是个音乐爱好者，非常热爱电吉他。

久则先生从本地的高中毕业后进入大学，攻读会计专业。1995年从学校毕业，作为应届毕业生入职稻毛屋。据说他最初对超市行业并不感兴趣。他大学毕业的时候正值泡沫经济破灭后，"就业冰河期"刚刚开始。久则先生没能如愿以偿被银行业录用，好不容易才找到在稻毛屋工作的机会。

信一郎先生望着照片对我说："他是一个泰然自若、像武士一样冷静自持的人。可能这份工作不是他最想要的，但是儿子也从来没有表现出不满的样子，仅仅说，'我不求更多'。"

入职稻毛屋以后，久则先生只有在新年和盂兰盆节才回湘南老家探亲。他去世的2014年元旦，上午刚到家就说"还有工作"，傍晚就回去了。一家人团聚的时光只有几个小时。弟弟友树先生（化名）一家也在，大家一起喝了啤酒，享用了久则先生带回来的年菜。年菜当然是在稻毛屋销售的产品。

"你也该趁早讨个老婆了。"

"做这样的工作我讨不到老婆啊。"

父子俩还有过这样的对话。

"我记得很清楚，聊天的时候他一直在说好累、好累，还不停地叹气。"信一郎先生坐在社区活动中心的榻榻米上对我回忆道。那天下午，阳光明媚得让人想打瞌睡，信一郎先生似乎连喝一口我带来的瓶装茶都嫌浪费时间，急切地向我讲述。我感受到了他的热情，想让我这个初次见面的记者全面了解儿子的不幸遭遇。每当提到想要强调的内容，他就会反复说"这就是我想说的"，给我留下很深的印象。例如，在讲到儿子昏倒后公司方面的应对方式时，他就不断说这句话。

过度劳累就是他倒下的原因——在久则先生去世前，他的家人就对这点深信不疑，可是公司的反应却截然不同。久则先生被转移到湘南的医院时，志木柏街分店的店长和总公司的人事负责人曾来探望过他。信一郎先生坚信，这两个人会带来某种形式的道歉，但现实辜负了他的期望。

"身体检查显示没有异常。"

"加班时间大概是每月60个小时。"

信一郎先生记得当时他们说了这些话，他对我描述当时的心情说：

"这就是我想说的，公司的人说话口气特别冷漠，一副在说'公司没有责任'的样子。我很生气，用尽全力才控制住自己不朝他们怒吼。"

家人们最终还是不能接受公司的说法，决定寻求专家的意见。在网上搜索后发现，一年一度的全国电话咨询会"过劳死110"即将举办。那个时候久则先生虽然还活着，但家里人还是决定，让弟弟友树先生作为代表，打电话进行咨询。

"过劳死110"是由一群志同道合的律师在1988年开始的电话咨询服务，主要接受遗属的咨询，协助家人进行工伤申请或向公司提起诉讼。他们也接待饱受过劳折磨的员工本人向专家寻求建议。

"我哥哥由于过劳昏倒了。"

接到友树先生电话的岩井知大先生，是一位横滨律师事务所的注册律师。岩井律师在6个月前，即2013年年末才刚成为执业律师。虽然经验不多，但他有着强烈的正义感。

"我们马上见一面吧。"岩井律师与另外两位年纪相仿、同在横滨工作的律师嵨崎量、笠置裕亮很快一起开始了调查。

看不见的工作时间

就像前几章里提到的情况一样，很多遗属为了证明自己的家人是因为工作而失去性命,首先会要求进行工伤事故认定。医学上没有"过劳死"的说法,死亡证明文件上只能写"脑梗塞"或"心力衰竭",很难说到底是本人的寿命大限已到,还是工作劳累导致。只有获得工伤事故认定,才可以写明死亡原因为"过劳死"。(当然也存在实际上是过劳死亡,但由于标准过于严苛,无法被认定为工伤的案例。)久则先生去世后,富山一家也开始准备申请工伤认定,在此我将加入一些采访三位律师后获得的内容。是否能被认定为工伤事故取决于死者的工作时长,而公司保存的出勤记录并不能准确地反映出久则先生的工作时长。尽管有一些琐碎,但我还是想详尽地介绍律师团进行实况调查的过程,以供参考并防止类似的案例再次发生。

信一郎先生与律师团要求公司提交每月的员工出勤记录,他们收到的文件是用类似Excel表格计算制作而成。文件记录着每个月16日至下个月15日的一个月时间里,出勤排班和实际的工作开始与结束时间。公司以此为根据管理每个员工的工作时间。文件的最下方汇总了一个月内的工作总时间,看到那个数字,信一郎先生不禁感到纳闷。不管看儿子去世前哪个月的工作总时间,都只有200个小时左右。

法律规定,每周40小时、每天8小时以外的工作即可视为"额外劳动(加班)"。正常工作22天应为176个小时,粗略计算,久则先生法律上的加班时间为每月30个小时左右,远远低于"过劳死红线"(每月加班80个小时),因此不可能被当作工伤。

这个数字与信一郎先生在儿子生前了解到的情况大相径

庭。到底是怎么回事？前文提到的三位律师为他解开了这个谜题，最年长的嶋崎量律师如此解释道：

"调研了从公司拿到的各类文件后，我们发现有很多没有记录在案的义务加班服务。"

根据嶋崎律师的说法，稻毛屋志木柏街分店使用了"勤时管理大师"（以下简称"勤时"）的电脑系统来管理工作时间。每个员工都有自己的IC卡，通过读卡机记录自己的上下班时间。读取卡片的时间将登记在勤时系统，公司考勤记录表上的时间，就是通过勤时记录的时间。

然而，随着律师团调查逐渐深入，他们发觉这份记录并不一定完全正确。

最大的线索来自超市店内保存的"离店检查目录表"（以下简称"离店表"）。这张表单由超市关门后当天最后一个离开的员工填写，检查安装在整个店内的各处空调和照明是否全部关闭。当天负责关门的员工还需要在表上签字。律师团核对公司给出的这份离店表时，赫然发现久则先生的名字经常出现。有时在勤时的记录表上，他当天的工作时间早就在关门前结束，不知为何他还在离店表上签下了名字。

那么，久则先生负责关门的时候都工作到了几点呢？

离店表上没有写明关门的最后时间，不过超市的警卫记录可以提供帮助。超市和大型警卫公司签有合约，最后一个离开超市的员工要设置入口处的警备装置，第二天一早第一个上班的人则要解除装置。律师团认为，只要调查一下警备装置的设置时间，就可以知道久则先生负责关门签表的那几天到底工作了多久。

不出所料，警卫记录和勤时的记录根本不一致。下方的表格汇总了第一次被救护车送进医院的5月25日前2周内久则先生的工作情况。

【富山久则先生的出勤时间①】

	勤时 [上班]	[下班]	离店表 签名	警备装置 设置时间
5月24日	→→→			
23日	12：42 →→→ 19：50			
22日	8：33 →→ 20：32			
21日	→→→			
20日	8：01 →→ 22：09		有	23：17
19日	7：40 →→ 18：30		有	23：13
18日	8：59 →→ 21：26			
17日	→→→			
16日	13：05 →→ 21：12			
15日	12：00 →→ 23：18		有	23：21
14日	9：00 →→ 18：00			
13日				
12日	8：02 →→ 20：36		有	23：04
11日	8：30 →→ 18：30			

＊根据对律师团的采访制成。

空白栏表示没有记录时间的日期（下文将说到，这些天也不能被称为"休息日"）。通过这张表可以看出，有3天都出现了1个小时以上的严重义务加班。例如，5月19日（周一）勤时记录的下班时间为"18时30分"，但离店表上有久则先生的名字，警备装置的设置时间是"23时13分"。如果中间不休息的话，光是这一天，久则先生可能就义务加班了4个半小时之久。

5月25日前4周的调查结果可以参考另一张表。情况不能说类似，只能说更糟。5月4日（周日）勤时记录的下班时间为"21时18分"，但警备装置记录的时间却是"02时01分"，即5月5日（周一）的凌晨2时1分。而5日那天的上班时间是"8时9分"。这一天久则先生究竟睡了几个小时呢？

在这4周里，久则先生的名字也出现在了离店表上。综合计算勤时和警备装置之间的时间差后，律师团怀疑他有将近30个小时的义务加班。

【富山久则先生的出勤时间②】

	勤时 ［上班］	［下班］	离店表 签名	警备装置 设置时间
5月10日	→→→→→			
9日	11：46 →→→→→ 20：47		有	0：30
8日	→→→→→			
7日	8：01 →→→→→ 22：23		有	22：47
6日	11：48 →→→→→ 19：00			
5日	8：09 →→→→→ 21：43		有	23：21
4日	8：21 →→→→→ 21：18		有	2：01
3日	→→→→→			
2日	→→→→→			
1日	7：39 →→→→→ 20：12		有	23：31
4月30日	9：31 →→→→→ 21：28			
29日	11：35 →→→→→ 21：15		有	0：52
28日	8：11 →→→→→ 20：01		有	22：53
27日	8：20 →→→→→ 20：54			

＊根据对律师团的采访制成。

疑惑渐深

到目前为止，我提到的只不过是留有客观证据的部分。律师团认为，可能还存在大量其他的义务加班情况。

以4月22日（周二）至23日（周三）的两天时间为例。

从勤时的记录来看，久则先生22日"12时00分上班，22时22分下班"，23日休息，没有出勤记录。但是，用同样的方法调查可发现，22日离店表上有久则先生的名字，而警备装置的设置时间是"25时10分"。凭此已经可以怀疑，久则先生义务加班了近3个小时，不过，还有更令人震惊的事。第二天23日早晨7点56分，久则先生给朋友发了一封邮件：

"昨天晚上实在太累太困，我就小睡了一会。现在刚刚下班，我要回家睡觉啦。"

23日凌晨1点设置完毕超市的警备装置后，久则先生在门店附近假寐了一会，几小时后再度出勤。直到早上7点56分工作才告一段落，他终于踏上了回家的路——邮件里说的就是这么一回事。公司出勤记录上显示休息的4月23日，其实久则先生也上班了。律师团猜测，他很有可能就在停车场的车里小睡了一下。

类似的情况好像也不是第一次发生了。

从刚才的表格里可以看到，5月21日（周三）没有考勤记录。但其实，20日下班以后，久则先生发了这样一封邮件：

"今天辛苦你啦，因为还有事情没做完，明天中午前我要工作了。"

本该是休息日的21日，他有可能也工作了一上午。律师团对义务加班的怀疑在逐渐加深。

2015年5月，久则先生去世大约1年后，父亲信一郎先生向埼玉劳动基准监督局提交了工伤认定申请。律师团则向埼玉劳基局上报了调查所得的义务加班情况。料想正因为有这些调查结果，埼玉劳基局在计算加班时间的时候，使用到了离店表和警备装置设置记录。最终他们承认，久则先生发病前4个月的月平均额外劳动时间为75小时53分钟。这已经是一个与过劳死红线（每月加班80小时）基本相符的数字，而劳基局还进一步指出，正式承认的"75小时"之外，"推测还存在不确定日期和时长的工作时间"。

为何要义务加班？

如果只看公司提供的出勤记录，恐怕是很难得到工伤事故的认定。信一郎先生至今还对公司的回应方式感到愤怒，也是可以理解的。

"再工作下去我真的要崩溃了。"

我想仔细分析一下久则先生发给好友的这封邮件。我本人也在报社有过一定的长时间工作经历，但是从来没有劳累到想要给妻子或朋友发这样的邮件。42岁的久则先生正处于事业的黄金时期，要是没有职权霸凌之类的因素存在，那他应该是长期处于过度劳累的状态了吧。

通过对久则先生事件的采访，我深深地反省自己对于义务加班认知的不足。说实话，我以前一直觉得义务加班是一个与钱有关的问题。付出工作却不能收获相应的报酬是非常不合理的，自然会让人心有怨恨。虽然这样的想法也没错，但是比起"金钱"，还有更重要的"生命"和"健康"遭到了义务加班带来的威胁，这一点我是经过此事才重新认识到的。

我相信如果久则先生真实的出勤时间被记录在案的话，可能就不会发生过劳死事故。要是注意到接近过劳死红线的工作情况，只要是正规的公司，都会提请领导、人事部门或产业医师加以注意。可是，30个小时左右的加班不太会引起公司内部的注意。可以说是义务加班夺走了久则先生保住性命的机会。

2018年夏天，《劳动基准法》进行了修订，法律为加班时间设置了上限。上限参考过劳死红线，规定为"一个月100个小时，2到6个月平均每月80个小时"。即使在繁忙期，公司也不可以让员工以超过这个强度的时长去工作。但是如果义务加班成为普遍现象，那么这些规则显然也毫无意义。职场必须彻底落实记录考勤这样理所当然的规则。

话虽如此，久则先生为何会不得不进行长时间劳动或义务加班呢？律师团的笠置裕亮先生分析指出："可能是因为'每小时人均销售额'这一指标会影响门店的业绩。"

"每小时人均销售额"指的是人力成本和销售额的比率。比如，销售额相同的时候人力成本减半，则指标可以翻倍。笠置律师解释道："每小时人均销售额是衡量门店业绩的标准之一。换句话说，人力成本压缩得越小，总部的评价就越高。久则先生身为主管非常清楚这点，肯定明白是没法申请加班费的。"

我不知道久则先生是否收到过店长或领导层面的指示，要求他义务加班。根据律师团从遗属那里得到的信息，久则先生是一位模范员工，为人勤勉，受到上司和下属的高度评价。硬要说的话，久则先生自己主动义务加班也不是没有可能。

不过，即使义务加班属于久则先生的主动行为，我们也不能将其错误地归结为"自己喜欢才工作"这种自我责任理论，毕竟"想在职场做贡献"的想法也合乎情理。公司才应该为此负责，他们不应该放任不管员工的义务加班。我想出勤场所基本固定的超市应该比较容易管理员工的劳动时间吧。

另一起案件

其实，稻毛屋在久则先生之前也曾发生过劳死事故，那是一起自杀案件。很遗憾我没能采访到那起案件的遗属，但遗属的代理人尾林芳匡律师同意接受采访。我也来简单介绍一下该案的情况。

案件发生在2003年10月，自杀者是担任东京都分店活鱼部门销售主管的20多岁男子，他入职于1999年，是一名年轻的正式员工。三鹰劳动基准监督局没有认定其死亡为工伤，但遗属表示不服并提起上诉。2011年3月，东京地方法院确认了这些事实：这名男子高峰时期每月加班时间超过90个小时，同时，门店的销售额给他带来了精神上的巨大压力。判决认为，以上原因致其患上心理疾病，直至自杀，由此推翻了劳基局的结论。

律师尾林先生说，死者有一个儿子，现在已经长大成人，但很遗憾缺失了与父亲一起玩耍的回忆。当他听说同一家公司再次发生了过劳死事件的时候，尾林先生难掩愤慨："工伤事故的赔偿金在一定程度上能够支持遗属的生活,可是逝者终究回不来了。我感到非常震惊,稻毛屋居然又出现了同样的悲剧。"

提诉

父亲信一郎先生知道过去也曾出现过劳死受害者后倍感愤怒:"稻毛屋是不是不认识'反省'这个词,他们希望今后同样的悲剧要反复上演吗?"

2017年4月,信一郎先生等遗属致函稻毛屋,要求对久则先生的死亡作赔偿的同时,采取以下行动:

① 公司承认对逝者的死亡负有法律责任,并向逝者及其家属诚恳道歉。

② 对公司内部义务加班的实际情况展开调查,并将结果公之于众。

③ 制定再发预防策略(如全面管理劳动时间等),以杜绝过劳死及其他危害健康的行为。

发出函件的同时,遗属也通过律师团向媒体公布了这起事件。正是在那场记者招待会之后,我开始收集本案的采访资料。

我与信一郎先生在社区活动中心的第一次采访持续了大约4个小时。信一郎先生年纪比较大了,我还担心他的身体能否坚持,但他一旦开始讲述就完全没有要停下的迹象。我深深感到他对公司的强烈怨恨。采访开始前太阳高悬在我们头顶,等走出中心的时候却已是日暮西山。

"这里的干货很好吃,你可以在车站前买一点特产。"

我要离开的时候，信一郎先生对我这么说。我给出租车公司打了电话，对方回答说"大概5分钟后来接您"。出租车接到我之前，信一郎先生都陪我一起等着，没有发动摩托车引擎。

"我现在最担心的是妻子。"信一郎先生随口说道。

家人当中最心灰意冷的是信一郎先生的妻子。妻子"希望不要管她"，既不愿意与公司交涉，也不愿意与媒体交流。信一郎先生告诉我，把采访地点安排在社区活动中心，就是为了不刺激妻子。

我非常理解他太太的这种心情，但同时想到信一郎先生的感受，我也无言以对。他一边为了讨伐儿子死亡的责任者而不断奋斗，另一边回到家里还要尽力照顾妻子，他的身心压力肯定也很大。事实上，这是唯一一次我与信一郎先生直接见面沟通，之后的采访都是通过信件和电话加以补充。他本身年纪也不小，我想尽量不给他的家庭带来不必要的负担。

2017年12月，距离上文提及的致函时间过去了半年多，信一郎先生对公司提起诉讼，要求赔偿损失。此后与公司的谈判没有显示出要结束的迹象，所以诉讼可能要进行1到2年。我只能期盼信一郎先生能够早日了结此案。

> 稻毛屋有限公司的公关负责人表示："诉讼案件暂未解决，我们将不作任何回应。"

专栏三
工会的作用

专栏一中我写过"尽早逃离"的办法,本篇我想介绍另一种留在职场也能解决问题的方法。这种情况下工会的作用就非常重要,来看一个具体案例。

"都立精神病医院"位于东京都府中市,其工会一直致力于进行"超勤(超时工作)巡逻",预防义务加班情况的发生。

工会成员每月一次与医院的管理层一起在夜间巡视病房。如果看到有非夜班的护士留在病房里,就要将其姓名和逗留原因记录在名单上。之后根据这份名单,可以确认员工的加班时间是否做了正确的申报。

2017年6月,我也参与了一次巡逻,身为工会成员的一名资深护士招呼正在加班的年轻人:"要准确申报加班哦""努力工作早点结束呀"。在我看来这是相当有意义的举措,既能抑制过劳和义务加班,也可以预防职权霸凌。

"罢工"一词现在已经基本被人们遗忘,但也有工会借助这种形式解决他们关心的问题。

罢工是指劳动者集体停止工作,向公司(雇主)施加压力,以改善工资和工作条件的行为。东京都内的物流公司T集团的劳动者们2016年进行了总计96个小时的罢工。他们向公司提出"废止不合理的工资制度"和"支付冬季奖金"等要求。虽然罢工行动并没有让所有要求都得到满足，但工会的一名成员高兴地表示："罢工的成果让我们的工作条件得到了显著改善。"他说过去最严重的时候每月加班超过200个小时，通过包括罢工在内的努力后，工作时间有了大幅减少。

工会在防止过劳和职权霸凌方面也发挥着重要作用。

例如，员工的加班时间上限是由名为"36协定"的劳资协议（工会和公司之间协定）规定的。协议明确上限为"每月45个小时"，公司如果让员工加班超过这个数字，就违反了《劳动基准法》。

工会也保障了劳动者以团体形式与公司交涉谈判的权利。如果出现职权霸凌，受害者独自要求公司或领导改善状况并不容易。像这样的问题，就轮到工会出面解决。

你的所属公司有工会组织吗？有的话请务必积极参与，利用好工会。如果公司没有工会，也不要灰心。一般来说工会建立在公司层面，但也有建立在地区或行业层面的组织。"个人可以加入的工会"全国各地都有，前文提到的T集团劳动者们加入的就是名为"全国东京东部总工会"的组织。感兴趣的话，可以上网查找类似的工会组织。

第六章 24岁新进员工的
"过劳事故死亡"

　　悲剧不只有过劳死和自杀。还有人拖着精疲力尽的身体驾驶摩托车引发事故致死,这被称为"过劳事故死亡"。东京都的公司职员渡边航太先生于2014年4月通宵工作后,驾驶摩托车撞上电线杆,当场丧命,时年24岁。

事故现场

平坦的柏油马路笔直延伸向前，前方几百米开外有一处缓和的右转弯道。此处稍微偏离市中心，只有一些居民楼和小商店零零星星散落在周围。行人稀少，车流却不小，我站在人行道上，卡车和轿车从我面前络绎不绝地驶过。

2016年冬天，事故发生两年半后，我第一次来到了航太先生去世的地方。为什么会引发事故？我想在现场亲眼看一看，想一想。

当时报纸上有一篇短讯报道了这起事故：

一男子驾驶小型摩托车撞击电线杆后身亡

24日上午9时10分左右，川崎市麻生区早野的一条城市道路上，一辆摩托车撞上路边的车挡后冲撞电线杆。车子属于东京都稻城市平尾三、职业不详的渡边航太先生（24

岁)。渡边先生头部受到重击,不久后身亡。

(2014年4月25日《东京新闻早报》川崎版)

报道中职业为"不详",我猜是因为事件刚发生没多久,当地的警察无法确认死者的身份细节。航太先生就职于一家名为"绿色展饰"的公司,总部位于东京世田谷区。公司主要从事百货商店等商业设施内的植物装饰,在横滨市内有一个植物花卉的仓库兼办公室。航太先生的出事地点就在连接横滨分部和东京家里的路上。

从横滨市沿着这条路一直往北走,就会来到一个名为"早野"的十字路口。走到这里的时候,陪同现场采访跟随而来的竹内多美子女士(67岁)对我说:"就快到了呢。"航太先生的母亲淳子女士因为过于痛苦,决定再也不回到事故现场,所以我拜托曾到过现场的竹内女士带我察看。她为正在与公司打官司的淳子女士提供了支援。竹内女士原本在川崎市的医院上班,退休以后开始参与社会活动。她主要协助平反冤假错案,但听闻淳子女士在当地提起的诉讼以后,便主动提出要帮忙。

我从包里拿出一份警方事故现场调查报告的复印件,这是淳子女士特意借给我的资料。

根据报告,可大致还原当时事故的情况。

那天天气晴朗,两条对向通行的柏油车道表面很干燥。在距离撞击现场150米左右的十字路口处,航太先生骑着轻便型摩托车在等红绿灯。信号灯转绿后,他缓慢加速前进。然而通过十字路口行驶一段路后,看起来直线通行的道路其实有一条向左的岔路。航太先生继续斜着行驶了约15米后，接连撞上了路边的两个车挡。摩托车没有停下前行的势头，正面撞上了第二个车挡后的电线杆。

过去的两年半期间，事故现场发生了不小的变化。这条路似乎要被拓宽，当时摩托车撞到的车挡和电线杆都已经被拆除。附近的便利店也消失了，挂着一个"注意事故多发"的黄色警示牌。我检查了周围的电线杆，没有找到摩托车冲撞过的痕迹。

我和竹内女士决定，在离事故现场最近的电线杆处放一束花。竹内女士准备了一个装有水的塑料瓶。我们给电线杆倒了一些水清洁了一下，把还剩部分水的瓶子的上半部分剪去，用塑料绳绑在了电线杆上。我们在简易制作的花瓶里插上了一束白色的康乃馨。

我们一起在电线杆前双手合十的时候，我想起了照片上见到过的航太先生。最令我难忘的一张是他在绿色展饰工作时拍的照片，应该是在喝什么东西的时候被摄像头捕捉到了。他嘴里咬着透明的杯子，单手比了一个V字，眉眼温和，一头刚修剪过的清爽短发。航太先生身高大约180厘米，高中时打篮球练就了一副结实的体格。

身旁的竹内女士轻声说："他一定还想再活得更久一点。"

确实如此。

航太先生肯定希望能活得更久一些，肯定想象过自己要在工作上做出一番成就，和所爱的人在一起，还要为养育自己的淳子女士尽孝。一名前途无量的年轻人被斩断了未来，为此我感到万分遗憾。

把竹内女士送到附近的车站后，我开车在事故现场附近徘徊。就像事故发生的那天一样，天空一片蔚蓝，在笔直的道路上没有什么影响驾驶人视线的东西。至少我觉得，这里并不是一个事故多发的地段。

事故发生后淳子女士向目击者打听过，知道航太先生的摩托车速度没有问题。而且，据说也没有迹象显示，他曾使用刹车制动避免撞击。

假如他没有超速，假如他很有可能没有意识到自己行驶到了岔路上……那么我能想到的事故理由就只有一个。航太先生的考勤卡记录如下：

【4月23日（周三）上班11：06下班〔空白〕】
【4月24日（周四）上班〔空白〕下班8：48】

事故发生前一天的上午11点，航太先生开始工作，即便可能有小睡和休息的时间，他也是熬夜工作到了接近第二天早上9点。航太先生离开办公室大约30分钟后，事故就发生了。

我猜想，航太先生是在驾驶摩托车的时候睡着了。

接二连三的深夜工作

我们逛百货商店或购物中心的时候，都会被店内装饰的鲜艳花朵和绿色植物吸引目光，挂满整面墙的爬藤植物代表了"绿色幕布"，长椅旁边放置了大型观叶植物，还有奢华点缀的圣诞树。绿色展饰就是一家从事这类植物装饰的公司。官网显示，公司成立于1995年，雇有70名员工（2018年10月数据），在东北、关西、九州地区均设有办公室。

航太先生从2013年10月起在公司打工，负责用卡车从横滨分部运输花盆等物品，美化客户的店铺装饰，也需要完成养护服务，给植物浇水防止它们枯萎。他非常努力地投入到这些工作中。

这类行业在冬天到来前的10月、11月时会变得非常忙碌，因为商户为了迎接圣诞节和新年会增加订单数量。在为百货商店等商业设施提供大型装饰的情况下，很多时候都是在商场营业结束以后才能进行操作。

我想请大家看一下航太先生刚上班第二个月，即2013年11月的考勤卡记录。

一个月里只休息了5天，加班时间相当长，工作结束时间也晚得令人吃惊。11月只有6天在晚上10点前结束工作，有8天在凌晨3点以后下班，而且熬夜加班的第二天大多都是傍晚又开始工作了。还有这种情况，18日（周一）的下班时间为第二天19日的"3：48"，但19日的上班时间显示为"6：56"，只间隔了3个小时。即便航太先生是一名身强力壮的年轻人，这样的工作也太过辛苦了。

从日报中可以大致了解航太先生每天在哪里工作。例如，11月17日，他在六本木的商业设施里工作，外加路上交通和休息的时间，一共7个小时左右。第二天18日在银座的百货商店工作了10个小时，19日在横滨的酒店工作10个半小时。工作强度基本如此。

我想了解关于这份工作的更多具体细节，于是向和航太先生同时在那里工作的前同事K先生（25岁）提出了采访邀约。

【渡边航太先生的出勤时间】

	［上班］		［下班］
11月1日（五）	8：20	→→	21：24
2日（六）	8：48	→→	20：58
3日（日）		休息	
4日（一）	9：21	→→	23：23
5日（二）	9：39	→→	1：19
6日（三）	11：50	→→	22：16
7日（四）	9：42	→→	22：24
8日（五）	11：41	→→	23：18
9日（六）		休息	
10日（日）	9：34	→→	0：22
11日（一）	9：38	→→	21：11
12日（二）	9：36	→→	0：09
13日（三）	12：46	→→	6：00
14日（四）	14：00	→→	3：30
15日（五）	15：35	→→	1：46
16日（六）		休息	
17日（日）	9：49	→→	3：10
18日（一）	16：02	→→	3：48
19日（二）	6：56	→→	18：36
20日（三）	10：00	→→	2：51
21日（四）	15：40	→→	6：29
22日（五）	15：00	→→	4：11
23日（六）		休息	
24日（日）	10：00	→→	21：31
25日（一）	9：50	→→	2：14
26日（二）	13：46	→→	3：16
27日（三）	13：34	→→	21：00
28日（四）	9：55	→→	6：02
29日（五）	18：00	→→	23：00
30日（六）		休息	

＊基于考勤卡记录制作。

"我说一下2013年冬天参加的原宿服装店的工作吧。那个时候，我白天主要在顾客店里巡场照顾花花草草，所以夜班上得不太多。那一天好像是人手不够了，我也被吩咐去帮忙。结束了白天的工作以后稍微休息了一会，我们晚上11点左右聚集在了原宿的服装店里。"

卡车运来的冷杉树在几个人的搬运下放置在商店屋檐下，修整树枝，挂上蝴蝶结和灯。店内的柱子和墙壁上也挂起圣诞节的装饰。高处需要员工站在大梯子上完成布置。一轮装扮结束后还要负责检查成品效果，打扫门店避免留下任何垃圾。

"等我回过神来已经是黎明时分，工作的时候精力很集中所以还好，但乘坐卡车回到横滨分部的时候就开始感觉头晕乎乎的，意识有些模糊。我一回到办公室，就忍不住趴在桌子上睡着了。"

K先生对我说，虽然那天晚上航太先生并没有参加原宿的布置工作，但是基本上所有的现场情况都差不多。

过完年以后工作强度会稍微回落一些，但春天的时候任务又多了起来。航太先生成为正式员工之前的2014年3月13日晚上，他与家乡的朋友在LINE上聊了几句，我想分享一下他们的聊天内容。前一天3月12日航太先生也一直工作到深夜，下班时间是13日拂晓时分，而13日他也工作到了晚上9点左右。下班后，他发了这些消息：

23:12 朋友：真的干到4点了？你也太社畜了吧？
23:13 航太：昨天好累啊，真的累……累到不想说话

（省略）

　23：17 朋友：明天休息？

　23：18 航太：上班。

　　航太先生已经精疲力尽。根据后来法院证实的数据，事故发生前的半年内，他的加班时间为每月平均63个小时。如果把时间缩短到事故前1个月，则平均加班时间攀升至91个小时。长期处于如此非人的工作状态，最终导致了航太先生的事故。4月23日11点他开始工作，第二天上午9点结束工作，劳动时间达到了21小时42分钟。航太先生驾驶途中无法抵抗睡意袭来，也就不足为怪了。

事故可以避免？

　　我想应该也有人会觉得，既然已经那么疲劳了，那就不应该骑摩托车回家，但其实航太先生有自己的理由。

　　从横滨分部回到航太先生家里，乘坐公交和电车大约需要1个半小时，而驾驶摩托车大概1个小时就能到家。可以理解航太先生在通宵达旦工作后，想要尽快回家休息才选择了摩托车。

　　他经常在公交和电车都停运的凌晨下班，也会担心如果没有摩托车就回不了家。有时候领导也会要求航太先生骑摩托车来上班以备不时之需。以事故发生两天前的4月22日为例，根据后来法院查证，航太先生那天乘坐电车去上班，但领导说："下班的时候可能末班车要停运了。"他就又回家把摩托车开到了办公室。

航太先生和哥哥一起住在东京都稻城市的公寓里，自己没有买轿车或摩托车。所以遇到上班快迟到的时候，他就会到约10公里开外的八王子市母亲淳子女士家里，借走轻便型摩托车用来通勤。航太先生按照自己工作上的安排，往返于两个家之间。

太想成为正式员工了

我想强调一点，航太先生刚开始在绿色展饰公司工作的时候，还只是一名临时工。2014年3月时他才被录用为正式员工，前文用考勤卡记录展示了那么劳苦的工作时间，其中有5个月他的身份都不是正式员工。

那么这就引出了下一个问题，为什么航太先生连正式员工都不是，却要忍受辛苦的夜班呢？答案很明显，"现在努力就有机会成为正式员工"。航太先生带着这样的想法一直努力干活。

在很长一段时间里，渡边家是母亲淳子女士、航太先生和比他大4岁的哥哥三个人一起生活，家境绝对说不上富裕。航太先生读高中的时候哥哥就找到工作自立了，而淳子女士依靠当护工的收入勉强养活自己和航太先生。因此，航太先生高中毕业后，一边打零工一边上大学。他本想高中毕业后直接工作，但那个年代成为公司的正式职员很不容易。为了将来支持母亲，航太先生决定提高学历，以入职条件更好的公司。他借到了每月5万日元的奖学金，报名参加了自家附近私立大学的夜间课程，白天没有课的时候就在便利店或餐饮店打工补贴家用。勤工俭学并非易事，航太先生辛苦了6年才毕业。

然而，他毕业后求职期间，很遗憾地没有接到任何一家公司的橄榄枝。航太先生一边继续打工，一边往返于公共职业介绍所，终于他发现了绿色展饰的招聘启事。

航太先生在跟淳子女士一起考量了工作要求后，去参加了面试。他回家后说："不知道他们会不会以正式员工录用我，不过可以暂时作为临时工去上班。"

母子俩都很乐观地看待这个结果，淳子女士说："这意味着努力工作就可以升为正式员工，那样我们一家的收入也能翻倍了。"

前文已经提到过，临时工的生活相当悲惨，以每天干活赚钱为目的的人绝对会叫苦连天。可是，航太先生把这份工作当作成为正式员工的重要机会，他不可能轻易放弃。他不可能一直靠淳子女士来养活自己，何况还要操心偿还超过250万日元的奖学金。冬天辛苦的时候努力工作，能否就可以加入公司的正式员工队伍？还是说这段时间再勤奋也没用呢？航太先生一定每天都心事重重，精神上肯定也非常疲惫。如果认为这些疲劳的叠加酿成了事故，也并非不合理。

诉讼记录显示，绿色展饰于2014年3月向航太先生发出正式的聘用通知，聘用理由是其勤奋的工作表现受到公司内部广泛称赞。如果是这样的话，绿色展饰是在考量了航太先生作为临时工的表现后，才决定录用他为正式员工的。要是航太先生得不到公司的认可，那就不得不立马找下一份工作，他可不能笃定地在转不了正式员工的地方打工。我认为这样的录用过程对于公司来说占尽优势，大家觉得不是吗？

母亲的愤怒

母亲淳子女士对于这件事也非常愤怒。

"航太被公司占便宜，给人利用了。"

我忘不了淳子女士说这话时的表情。2016年9月，我第一次与淳子女士进行一对一的正式采访。采访地点在她家附近的咖啡馆里，淳子女士垂下目光，对我低声诉说。

我听到这话的时候，真的很担心淳子女士会追随儿子而去。她指责公司的话里本应该充满愤怒，但我印象中淳子女士身上没有与之相伴的气势和力量。不知道她是不是悲痛过度，连燃起怒火的能量都失去了。我对此感到忧心。

这种印象贯穿了那天的整场采访，仿佛整个咖啡馆里只有我们这里被黑暗包裹着。虽然淳子女士回答了我的问题，但是她的目光没有焦点，好像是在对自己，又好像是在对心里的航太先生说话。

我们聊到航太先生的时候，那双眼睛才勉强有了一点生气。

航太先生刚出生的时候就像一只可爱的小猴子，护士把他抱到淳子女士胸前的时候，她感觉自己"抱着幸福！"希望他可以如同徜徉大海一样自由地生活——因此淳子女士为他取名"航太"。

儿子长成了一个善良温柔的孩子，会在母亲节用攒下的零花钱给淳子女士买康乃馨。他学习成绩尽管不是那么优秀，但是结识了很多好朋友，学生时期参加了篮球队和学生会。他自小就是能够激励母亲的存在。

"人活着就是奇迹，每一个瞬间都是奇迹啊。不好好珍惜、努力生活的话就太浪费了！毕竟母亲好不容易把奇迹带给了我。"

然而，航太先生却比淳子女士先一步离开人世……

2015年4月24日，航太先生的第一个忌日那天，淳子女士向绿色展饰公司提起了要求赔偿约1亿日元的诉讼官司。在周年忌日这天提诉，是因为淳子女士希望向法官和社会传达对生命之重的质问。

我询问起诉公司时的心情，淳子女士回答道："对某样东西一直怀恨在心是很痛苦的，非常痛苦……我只能问自己，这样下去我会不会崩溃？要选择伤害公司吗？我想结束这种仇恨的心态，所以平复了自己的心情，把案件交给法院处理。"

我想丧子之痛应该会伴随淳子女士一生，但希望她有朝一日至少可以摆脱仇恨带来的痛苦。

审判

"我接到咨询的那一刻就感到事情有些蹊跷，觉得这是一个不同寻常的案子。这种直觉让我一路走向法庭。"

淳子女士的代理人川岸卓哉先生回忆道。川岸先生是一位30多岁的市民派律师，隶属于川崎市的律师事务所。由于小时候在学校曾遭受欺负，所以他决定将来要帮助弱势群体，参加了司法考试。据说，在免费电话咨询里听到淳子女士的故事后，他就决定无偿接下这个案子。

航太先生的案子与其他过劳死事件的不同点在于，这是一起"事故"。想要赢得审判，需注意以下一些要点。

首先是事故的原因，川岸律师想要证明，是过劳导致了航太先生驾驶摩托车时打瞌睡。假如有左顾右盼或超速等过失的话，那就可以说是受害人自己的责任。其次，需要证明公司违反了"安全考虑义务"。下班以后如何回家由员工自己决定，一般来说即便员工发生事故，公司也没有责任。可是，这起事件除存在过劳的因素外，领导允许并指示受害人驾驶摩托车通勤。基于以上内容，公司难逃责任。川岸律师计划按照这样的逻辑采取攻势。

我在他办公室进行采访的时候，川岸律师正视着我的眼睛说道："我们必须赢得这场官司。其实除了航太先生以外，还有很多人都因过度劳累引发事故。只要采取一些小措施，这些事故就有可能避免，如深夜工作后第二天推迟上班、夜班结束以后乘坐出租车回家以免出事。我们希望这场官司的胜利不仅让绿色展饰，也能让社会上的其他公司都推动落实这些安全措施。"

虽然航太先生回不来了，但同样的悲剧不能再次发生。这是淳子女士和川岸先生的共同目标。

法庭上的见闻

绿色展饰公司果然如遗属预想的那样进行了反驳。以下是我根据提交给法院的书面文件整理出的内容摘要：

- 不能断定，驾驶中睡着是由于睡眠不足或过度劳累造成。
- 假使真的存在影响驾驶的过劳，当事人应该留下摩托车，乘坐公共交通返回，或者通过假寐减少疲劳后再驾驶摩托车。

庭审在离事故现场不远的横滨地方法院川崎分院进行。在川岸先生和竹内女士的邀请下，旁听席上坐满了当地工会和民间团体的成员。淳子女士每次都把航太先生的遗照一起带上法庭。

在庭审过程以及对旁听观众的采访中，虽然这么说有些老套，但我发现，"航太先生真的是一名认真努力的好青年"。

公司在书面文件中，对航太先生是这样描述的：

"他是我司重要的员工，因其热情的工作态度和笃实的性格受到高度赞扬，所以将其聘用为正式员工，他既是值得信赖的同事，也是深受前辈喜爱的后辈。"

与过劳死有关的审判，往往会出现公司诋毁死者的情况。"当事人擅自留在公司加班到深夜""总是在做不必要的工作""为自己的能力不足感到烦恼"等等，公司常试图使用这些说法以回避自身责任。与之相比，绿色展饰公司正当评价了航太先生的工作表现，可以称得上是特例。也可以说，失去航太先生让公司感到万分惋惜。

航太先生在工作中被亲切地称为"航先生"。事故发生前不久还在一起工作的上司，在书面文件里这样写道：

"我对准备回家的航太先生说：'今天*的工作你可以不用参加。25日8点我们在八重洲现场集合。'我真心后悔当时没有对他多说一句'一定很累了，乘电车回去吧'。"

那天庭审结束以后，淳子女士一行在川岸律师的办公室举行了发布会。航太先生的朋友们也从工作中抽出时间来支持这次审判。报告会上，航太先生的童年好友A先生讲述了他们的

---

* 发生事故的4月24日。——作者

故事,哭到声音哽咽,我也跟着哭了起来。

"我小时候从京都搬到东京生活。在幼儿园因为讲关西方言被大家嘲笑,航太君是第一个和我搭话的人。我至今还记得很清楚,和航太君关系变好以后,渐渐交到了很多朋友。作为同龄的朋友,我这么说可能有些奇怪,但是航太君像一个大哥哥,总是扮演为大家提供咨询建议的角色。相反,他从不显露自己的烦恼或弱点。唯一一次抱怨就是关于工作,在LINE上说了句'说实话很累'。我作为朋友,非常后悔自己没有更多地关心说出'很累'的航太君。"

和解

2018年2月8日,横滨地方法院川崎分院的奶白色建筑笼罩在耀眼的阳光之中。这一天距离诉讼已经过去了大约3年,这场与公司的官司今天终于要以"和解"的形式结束。

一号法庭与平时一样坐满了人,我坐在旁听席上寻找淳子女士,只见她身穿黑色西服,平静地坐在原告席上。她身旁的川岸律师似乎更加紧张,直到开庭前都表情僵硬地垂头看着法院的地板。

下午1点10分,身着黑色法袍的中年男性主审法官进入法庭,身后一左一右跟随着两位法官。主审法官确认了原告与被告双方的和解意向后,宣读了手中的文本:

"结论,本案建议双方和解……"

主审法官认为,这是一起过劳引起瞌睡而导致的交通事故。此外他还指出,公司本可以减少航太先生的业务量,指示他乘坐公交和电车回家，以此方式来避免本次事故。庭审裁定，公司有义务向遗属支付约7 600万日元的赔偿金。和解条件除支付赔偿以外，公司还应向死者家属道歉，采取彻底的预防再发措施等。这些措施包括：严格规范考勤管理，两场工作之间确保有11个小时的休息时间，设置男女分开的休息室，报销深夜加班的出租车费用，等等。

我在旁听席上记录着主审法官的话，内心其实非常激动。

和解的内容对于淳子女士来说是一次成功，近乎100%满足了她的要求。这个结果对于一直追踪报道案件的我来说并不意外，但打动我的是主审法官梳理和解条件时的气魄。一般来说，当案件以和解告终的时候，主审法官不太会公开表态"哪一方是正确的"。然而，本次庭审的主审法官当庭宣读了事故的原因，以及公司是否要承担责任等字句。这样的做法是非常少见的，意在辨明事件的是非，抚平淳子女士的怒火和怨恨。希望这场庭审能够成为预防过劳事故死亡的契机，这就是本次案件的意义所在。

"一个没有过劳死的社会是所有人都翘首期盼的。"主审法官面对淳子女士朗声说道，"受害人必定充满怨恨，他踏出了作为社会人的第一步，本以为自己的未来充满希望，岂料生命惨遭截断。我能想象，原告作为遗属内心悲痛万分、极度心灰意冷、生活黯然失色。"另一方面，他鼓励绿色展饰公司："应当借本案的机会承诺消除过劳死，宣布杜绝过劳事故的再次发生，期待贵司能够成为这方面的典范。"

我至今报道过的过劳死事件中，从未在法庭上听到过如此真情流露的话。主审法官的每一句话，都表现出了对航太及其遗属的深切同情，以及希望今后悲剧不再重演的愿望。

为何他会做到这一步呢？其实，原告淳子女士和川岸律师在达成和解协议的那天前，已经从主审法官那里听到了这些话：

"我也有一个和航太先生同龄的儿子，能切身体会到您作为母亲的感受。我来说服对方，请相信我。"

淳子女士的拒绝和解，原本只是作为赢得官司的手段，但主审法官却对她说了这番话。同样的事情可能也会发生在法官自己儿子身上，对他来说，这场审判绝不是与自己无关的事。

这是一场非常有人情味的审判。

达成和解庭审结束之前，允许原告和被告双方进行发言。淳子女士站起来，宣读了她为今天准备的发言。

"我的儿子成长到24岁，我作为母亲已经尽力为他提供教育，至于他走上社会发挥什么样的作用，我曾经有过希望和梦想。可是我没想到，转瞬间这些都变成了绝望……"

以此为开场白的淳子女士，向主审法官在过去3年中的审议工作表示感谢，最后说道："从今往后直到我的生命结束，我许诺将和航太一起努力，一点一点地向前迈进。"

淳子女士讲话的时候，主审法官好几次皱起自己通红的脸，在我看来他似乎是在努力忍住眼泪。

新的战斗

如今，审判已经结束，淳子女士依旧参与在杜绝过劳事故死亡的活动中。例如达成和解后的第二个月，2018年3月，她向厚生劳动省提出请愿书，要求设立应对过劳事故的对策，每年都公布因过劳死而认定为工伤的人数，以及哪些职业和年龄层的受害人数较多等信息。淳子女士希望针对过劳事故死亡也进行类似的调查，并希望让所有人都了解预防过劳事故的措施。正是因为案件在法庭上被成功认定为过劳事故死亡，她才得以开展这些活动。

淳子女士也把这些努力看作是实现航太先生的遗愿。她觉得要是可以和已经去世的儿子对话，他一定会说："我的事情已经过去了，去帮助那些将来可能会遇害的人吧。"

我注意到，最近淳子女士的表情有了一些变化。她脸上的笑容比以前更多了，也开始穿上颜色鲜艳的衣服。提起诉讼并赢得和解，借着这些事，淳子女士也许可以慢慢地祭奠航太先生。我期望，为消灭过劳事故死亡做出的努力可以告慰航太先生的在天之灵。

> ➤ 绿色展饰公司的负责人通过书面文件回应了我的采访，内容如下："我们也向客户提出请求，申请改善交付货物之类业务的时间限制。公司方面准备着手在实施培训、业务内容、业务体制、医疗健康、通勤方式等方面加以改进。在得到客户理解的前提下，我们正在努力减轻员工个人的工作负担，缩短不必要的实际劳动时间。祈望逝者安息，并祝愿遗属能早日回归安稳的生活。"

第七章　一直夜班出勤的录像带出租店员工，离职半年后过劳死

　　埼玉县的矢田部晓则先生曾经是一家录像带出租店的经理助理，离职半年后死于蛛网膜下腔出血，时年27岁。辞去工作一段时间后的事故也被认定为工伤，公司应该承担责任——他的双亲失去了唯一的孩子，15年来一直在为此不断战斗。

坚持站在最高法院前的父亲

2015年1月16日早上8点，晓则先生的父亲敏夫先生（71岁）站在东京千代田区最高法院的门口。他身穿高领毛衣，外罩一件粗花呢大衣，有些秃顶的脑袋上戴着一顶贝雷帽。他对我说，隆冬寒冷的空气让他患有痛风的身体不太舒服。

"请关注矢田部事件！"

敏夫先生向通勤中的上班族搭话道。他手里拿的传单上写着这样一句话：

"矢田部过劳死事件　向Z公司提起赔偿诉讼　请最高法院尽快受理上诉并公正审理案件！"

那时，晓则先生的父母为他提起的诉讼已进入最后阶段。他们在申请工伤认定的行政诉讼中已经败诉，还剩下向公司要求赔偿的民事诉讼，但也已于去年2014年的4月在东京高等法院败诉，只能寄希望于最高法院。最高法院仅在非常特殊的情况下开庭审理案件，如在可能违反宪法等情况下。尽管可能性不大，但这对父母别无选择只能赌一把。敏夫先生一直坚持到最高法院来，认为这样有可能会让庭审再度开启。他以每月一两次的频率去最高法院门口请愿，但很多路过的人都不理会他分发的传单就直接走进大楼。我不知道这样的行为是否有意义，但这应该是他能为儿子做的唯一一件事了，只能尽力而为。妻子和子女士（74岁）原本一直陪着丈夫，不过最近身体状况欠佳，很难再从埼玉县老家前往东京。冬日的天空下，敏夫先生站立的背影充满了悲壮感。

集双亲之爱于一身

距离那天大约一周前，我到矢田部夫妇家里拜访了他们。

他们家所在的住宅区离最近的车站步行约20分钟。家里有一块和子女士照料的家庭菜园，收获季节里能摘到苦瓜和大葱等蔬菜。一走进房子，就能看到右手边有一个15张榻榻米大小的大房间。2000年秋天晓则先生去世后，夫妻俩大部分时间都在这个房间里度过，忙于准备审判文件，或是和支持者见面。我上门拜访的那天，和子女士也孤零零地坐在大房间长桌边，在做一些资料准备。

"我必须要完成这项任务，但是最近突然觉得很累……"

他们失去儿子以后已经过了很长一段时间，官司也都败诉。夫妻二人感到力倦神疲，经常连续好几天都卧床休息——和子女士一边与我交谈，一边从文件柜里拿出一本晓则先生的追悼文集。这是父母在儿子去世第二年时制作的，收录了晓则先生小学时的恩师、朋友以及同事们写的文章：

"是一个有强烈责任感的人。"

"为人文雅安静，但很有自己的想法。"

"非常善良，从未听他说过任何伤人的话。"

文集当中写着这些评语。朋友们都叫他"矢田哥"，他喜欢电视游戏和漫画，小学的时候热衷于垒球，还在球队里担任过中锋。

文集里也有很多晓则先生童年时的照片，有被祖母抱在膝头的婴儿照片，还有中学入学典礼上的照片……从每张照片都能看出，他是在家人的关爱中长大的。

晓则先生是独生子，出生于1972年圣诞节，父亲敏夫先生在市政厅工作，母亲和子女士是幼儿园老师。

"作为独生子他有一些任性自私，但还是一个开朗健谈的孩子。"和子女士说。

因为对图书编辑怀有兴趣，1993年晓则先生从出版相关的专科院校毕业后，进入了一家经营教育类书籍的中坚出版公司。拥有184厘米的身高和74公斤的健壮体格，晓则先生十分擅长运动。有一张照片就是他被选为员工运动会的接力跑队员，在操场上穿着运动裤飞驰的样子。

工作5年后，晓则先生离开了出版社，因为他明明对编辑工作感兴趣，却不得不完成很多销售业务。然而，由于那时已经进入了"就业冰河期"，他很难再找到一份工作。晓则先生迫于现实做出的选择就是加入了经营录像带出租店的Z公司，当时他25岁。

和子女士认为，在Z公司不满2年的工作夺走了儿子的生命："在那里的两年，他一直在闷头苦干。"

因勤奋努力而加班

2000年，Z公司在东京和埼玉经营的录像带出租店大概有20家，涉及影视、CD、漫画、电视游戏等商品。经营业务与其他的录像带出租店相同，都是接待顾客及借出商品。

1999年，即晓则先生入职后第二年，业务达到了繁忙的最高峰。忙碌的生活从调动至埼玉县川口分店开始，他被任命为这家门店的"经理助理"。虽说职位叫"助理"，但因为门店没有正式的经理一职，所以晓则先生实际上就是店铺的负责人，需要制订销售计划、安排轮班时间表、录用和培训临时工。

下方的表格汇总了晓则先生1999年5月至12月间的加班情况，这些数据已在工伤事故认定诉讼中被法院认可。时间划分为每30天一个时间段。

那一年从夏天到秋天，晓则先生工作的劳累程度在表格中一目了然。连续5个月，他不是以超过"过劳死红线"（每月80

【矢田部晓则先生的加班时间】

［时间段］	［加班时间］
5月18日～6月16日	28小时35分钟
6月17日～7月16日	82小时49分钟
7月17日～8月15日	78小时7分钟
8月16日～9月14日	103小时32分钟
9月15日～10月14日	117小时4分钟
10月15日～11月13日	75小时11分钟
11月14日～12月13日	65小时47分钟

*根据东京地方法院（工伤事故认定诉讼）判决而制成。

个小时）的加班时间工作，就是以接近红线的程度加班，甚至还有连续两个月加班超过100个小时。

除了超长的加班时间外，同样引人注目的还有晓则先生的工作时间段。下方表格展示了晓则先生用考勤卡记录的上下班时间，整理了加班时间较长的1999年9月15日至10月14日期间的记录。尽管下午开始上班的记录比较多，但是可以看到大多数的上班时间都在第二天凌晨2、3点才结束工作。

晓则先生被任命为经理助理的川口市分店有"早班"和"晚班"的轮班制度，他经常负责晚班。根据东京地方法院的数据，晓则先生在这家门店上班的7个月，合计186天的工作日中，实际有占88%的164天都工作到了晚上10点以后；同时下班时间在凌晨1点左右的天数也高达约70%。晓则先生几乎每天都在"熬夜上班"。

不知道大家是否了解"昼夜节律"这个词？

日出而作，日落而息，这是我们人体与生俱来的生物节奏。人体随着白天的到来体温渐渐上升，开始调整为活跃的状态，相反夜幕降临的时候，体温下降从而为睡眠做准备。夜晚，身体也会分泌较多名为褪黑素的荷尔蒙，用以助眠。

夜间工作与这种人体的生物节律相悖，所以对健康有着很大影响。虽然可能有人会说"已经习惯了昼夜颠倒的生活，所以上夜班也没事"，但是专家认为"习惯夜班"是不可能实现的。白天的睡眠质量不可能与晚上相同，昼夜颠倒生活的时间越长，健康受损的风险自然越高。褪黑素不仅有催眠作用，还有预防癌症的"抗肿瘤作用"。专家指出，深夜工作会使得褪黑素减少分泌，让罹患癌症的可能性升高。有研究数据表明，夜班较多的

【矢田部晓则先生的出勤时间】

	［上班］		［下班］
9月15日（三）	15：43	→→→	3：09
16日（四）		【休息】	
17日（五）	15：52	→→→	2：11
18日（六）	15：46	→→→	2：14
19日（日）	15：47	→→→	2：19
20日（一）	15：29	→→→	2：24
21日（二）	16：57	→→→	1：22
22日（三）	15：44	→→→	3：16
23日（四）	9：54	→→→	21：05
24日（五）	16：00	→→→	1：36
25日（六）	15：44	→→→	3：07
26日（日）	14：07	→→→	3：46
27日（一）	12：39	→→→	2：26
28日（二）		【休息】	
29日（三）	11：15	→→→	3：33
30日（四）	16：00	→→→	1：31
10月1日（五）	15：51	→→→	2：20
2日（六）	15：52	→→→	2：30
3日（日）	15：45	→→→	1：00
4日（一）	15：45	→→→	3：05
5日（二）	16：30	→→→	2：46
6日（三）		【休息】	
7日（四）	11：45	→→→	2：24
8日（五）	15：48	→→→	2：48
9日（六）	16：00	→→→	2：45
10日（日）	10：24	→→→	20：22
11日（一）	15：30	→→→	2：23
12日（二）	12：58	→→→	22：00
13日（三）	16：08	→→→	3：22
14日（四）	16：29	→→→	2：32

＊根据考勤记录制成。

● 总天数	229天
● 出勤天数	186天
其中深夜劳动	164天
其中凌晨1点后下班	134天

护士比白天上班的护士更容易得癌症。

正如前文提及的数据显示，晓则先生加班时间之长已经达到了过劳死的标准。此外，他工作的时间段还都是夜班。长时间工作加上夜班出勤，对身体极其不利。

工作认真负责的晓则先生深受同事和临时工的信赖，但与此同时，周围人也担心他过度劳累。曾隶属于川口市门店的一名临时工在辞职的时候留言道：

"请好好照顾自己的身体，我很担心矢田部先生会因为过度工作而倒下。该休息的时候请务必好好休息。"

遗憾的是，晓则先生没有按照亲近的临时工所建议的那样好好休息。

离职后身体健康也没恢复

随着工作负担越来越沉重，晓则先生的生活也变得杂乱无章。

某一天，晓则先生说要从自己家带烧水壶到门店去。和子女士问及理由的时候，他回答说："我忙得没有时间吃饭，准备在店里泡方便面吃。"连续不断的工作也夺走了晓则先生与住在同一屋檐下父母的对话时间。偶尔的休息日里，晓则先生基本上都待在二楼自己的房间里睡觉度日。吃饭的时候，和子女士会把食物送到房间里，他就躺在被窝里吃。情绪也一直很烦躁，对父母挑三拣四。

可能是自己也意识到了这种生活不能再持续下去，2000年3月，晓则先生从Z公司辞职。

离职后晓则先生在家度过了一段无所事事的生活，却还是没能改正自己不规律的生活方式，大部分时间里早上还是起得很晚，白天一直在发呆。母亲和子女士非常担心儿子，但也爱莫能助，只能悄悄观察他。和子女士想着"都这么累了"，就放任儿子想什么时候起床就什么时候起，想什么时候吃饭就什么时候吃。

辞职大约一个月后，晓则先生开始通过公共职业介绍所找工作。他去几家公司应聘都没有通过，三个月后终于在东京的一家小型印刷公司找到了职位。这家公司不用上夜班，可是晓则先生依旧难以调整录像带出租店工作留下的不规律生活，很难在早上7点出门乘电车上班。

2000年9月8日早晨，晓则先生再入职两个多月后，和子女士像往常一样去二楼房间叫他起床，却发现儿子已经死在床上，年仅27岁。他的一生实在是过于短暂。

低鸣惊叫

儿子去世后不久，和子女士从关系亲近的朋友那里学到了"低鸣惊叫"这个词。

当春天到来，迎来繁殖期的雄性日本树莺会发出优美的鸣唱声"hoohokekyo"，但是秋冬季节的树莺只会发出短促的

"cha、cha、cha"叫声。这样的叫声被称为"低鸣惊叫",古人认为这是幼鸟在练习鸣叫技巧。

"您的儿子正处于这个时期,他还沉醉于寻找自己的人生目标吧。"朋友说道。

和子女士非常感谢朋友安慰自己痛失爱子的心情。她查阅书籍后发现,其实成年树莺也会因季节不同而发出不一样的叫声。虽然和这个词的原义有所出入,但和子女士还是把"成长中"的印象与这个词一起记在了心里。

2007年7月,"矢田部晓则先生过劳死工伤事故认定后援会"成立。由于向足立劳基局等行政机关提出的工伤申请被驳回,后援会不服行政机关的判决,开始准备行政诉讼。过劳死案件的审判中经常会成立后援会,他们人多势众地旁听审判,在法庭之外也分发传单、召开集会,其目的是吸引公众关注,让法官更加慎重地审理案件。晓则先生的后援会里不仅有当地的工会和家族协会成员,还有和子女士的前同事、晓则先生幼儿园的老师等人,会员人数最终达到了将近700人。

为了感谢给予支持的这些人,晓则先生的父母会定期报告案件审理的进展情况。这份通讯报告的标题就叫《低鸣惊叫》。

"27岁的年轻生命被夺走的这份悔恨,我也希望大家可以感同身受。"和子女士这样说道。

审判

晓则先生一案要被认定为工伤事故,障碍在于他的死亡时间距离过劳的巅峰时期已经过去了相当长一段时间。

2000年3月,晓则先生去世前半年,他从Z公司辞职,经过了超过3个月的失业阶段,再次入职印刷公司。加班时间的巅峰时期是就职于Z公司的1999年夏天至秋天之间,从死亡时间倒推回去大约是1年前。国家规定的过劳死红线指"死亡前2到6个月间,每月平均加班时间超过80个小时"。国家的认定标准明确,超过半年前的工作情况"可作为额外因素加以考虑"。也就是说,重视程度不如半年内的工作情况。

这一点成了瓶颈,行政机构如足立劳动基准监督局(东京)等因此就不承认该案死亡为工伤事故。于是,父母向东京地方法院提起了针对行政机关的行政诉讼。

这次审判让父母经历了从天堂坠往地狱的失落感。

审判的主要争论集中在以下三点:

①蛛网膜下腔出血的原因是什么?
②录像带出租店的工作是否属于过重劳动?
③辞职后的失业阶段里身体发生了什么变化?

问题①的回答,父母的律师团主张:"是由于颅内动脉中的动脉瘤破裂"。这是一种睡眠不足或过度劳累引起的症状。律师团主张的依据是医生提交的意见书,上面写道:"非外伤引起的蛛网膜下腔出血,有70%~80%的可能是颅内动脉瘤破裂引发。""(从发作到死亡历时大约30分钟)如果有急症出血的情况,那么有很大可能是颅内动脉瘤破裂。"

另一方面,被起诉的行政机关则主张,出血原因是"颅内血管（动静脉）畸形"。如果是遗传性的畸形，那么死亡基本上没有可能被认定为过劳死。作为依据，被告方也提交了医生的意见书，说明发病人为年轻人的情况下，"畸形"和"动脉瘤破裂"的可能性比例对半开。

针对问题②，父母认为"工作过重"，但行政机关的见解是："即使有过长时间劳动的时期，也只是暂时的。"

最后的问题③，晓则先生有113天"不工作"的时间，如何看待他在这段时间内的健康状态呢？这个问题上双方各执己见，我大致概括如下：

行政机关："不工作期间通过充分休息恢复了体力。"

父母："在录像带出租店工作期间恶化的动脉瘤已经濒临破裂，即便得到了休息，也很难改善瘤块的情况。"

2011年4月，距离起诉近3年后，东京地方法院做出了裁决。我根据上文提出的三个问题，整理法院的决议内容如下：

① 出血的原因是颅内动脉瘤破裂。
② 录像带出租店的工作异常繁重，当事人绝对长期缺少睡眠时间。
③ 颅内动脉瘤在当事人离开Z公司的时候就已经恶化到了随时可能破裂的地步。

判决书的总结是："（行政机关对工伤）不予认定的处理有违法律，应予以撤销。"法院接受了父母的主张。

如有不服判决，原告和被告都可以在两周内进行上诉。为了确认地方法院的判决结论，父母在这两周内到访了位于东京霞关的厚生劳动省，请求"不要对案件进行上诉"。即使父母表现出了如此强烈的愿望，希望案件能够被认定为工伤，但行政机关（厚劳省）还是不管不顾，向东京高等法院提出了上诉。然后在2012年11月，东京高等法院下达的判决书里，以180度反转的态度推翻了地方法院的裁决。

东京高等法院的裁决内容如下：

① 很难确定出血的真正原因，但颅内动脉瘤畸形的可能性更高。
② 录像带出租店的工作，就劳动时间而言极其繁重。
③ 疲劳在当事人不工作期间已经消除。

高等法院对问题②的回答与地方法院基本相同，但是针对问题①和③却认可了被告方的论点。同时，高等法院裁定"行政机关不予认定工伤事故符合法律规定"。父母的诉讼反胜为败。

我无法认可高等法院的决议，一起来仔细研读一下判决书吧。

首先看问题①。

高等法院研讨了双方论点，就出血的原因写道："两种原因都有可能，很难断定到底是哪一个导致了出血。"尽管如此，行政机关在高等法院审判阶段，重视己方新提出的医学意见书

（"20多岁的年轻人如没有吸烟、过度饮酒、高血压等危险因素，应考虑是否存在畸形"），在判决书中写道："如果要明确原因的话，颅内动脉畸形的可能性更高。"

　　表面上看这里采纳了畸形说的论点，但难道已经忘记了此前写着的"很难断定到底是哪一个原因导致了出血"？换句话说，法院对自己的判断也完全缺乏信心。

　　更进一步说，行政机关也完全没有前后一致地主张原因在于畸形这一说法。在案件开庭审理前，足立劳基局或东京劳动局明确了"本案并非工伤事故"，但是当时足立劳基局等机构认可的出血原因，正是"颅内动脉瘤破裂"。行政机关是在案件闹上法庭以后，才第一次提出了畸形说的理论。

　　出于某种原因，被告方在审判中突然采纳了畸形说的理论。而这样的判断对于关键的问题③产生了强有力的影响。

　　关于问题③"辞职后的健康状况"，地方法院采纳了父母的观点："即便得到了休息，也很难改善瘤块濒临破裂的情况。"高等法院基于以下的两个理由驳回了这一论点：

- 出血的原因更可能是由于颅内动静脉的畸形。
- 不能否认辞职时当事人已经有颅内动脉瘤的可能性，但也没有客观证据足以证明当时瘤块的状态。

判决书里给出了这两个理由。

　　我已经提到过畸形说的理论证据不充足。另一处意见是说"辞职时瘤块状态不明"，这就更让人摸不着头脑了。如果要彻底检查动脉瘤的状态，就需要动用MRI（核磁共振成像装置）等设备。高等法院难道是在指责一个20多岁的健康年轻人，没有烟酒嗜好带来的健康风险却没有进行这些检查吗？

　　我想说的是，高等法院更应该关注的是案件的本质问题。

　　至少在晓则先生去世前一年左右，他的工作负荷就远远超过了过劳死红线。如果当时他就死了，那么肯定会被认定为工伤事故。然而，可能因为晓则先生才20多岁，也没有因为吸烟或饮酒损害健康，所以才能多活了一段时间。这样的想法不对吗？

　　晓则先生生前从未进行过大脑的精密检查，去世后也没有进行尸体解剖。因此我们无法了解颅内动脉瘤的状态。但同时，也无法证明他的大脑血管生来就有致命的畸形。所以说，正确的说法应该是，出血的原因无法确认吧。

　　刑事案件中有"嫌疑人不受惩罚"的大原则。为了不冤枉无辜的人，这是一条绝对不可以违反的铁则。而围绕工伤事故认定的审判中，司法部门应该采取什么样的立场呢？缺乏充足资料的情况下竭尽全力为儿子名誉而战的父母，和想要证明足立劳基局的决定是正确的行政机关之间，到底应该判哪一方胜利呢？高等法院的立场是："嫌疑人不认定为工伤。"我一想到年纪轻轻就离世的晓则先生和为儿子案件苦苦战斗的父母，内心不禁感到一阵疑惑。

　　我也对在上诉中推翻工伤认定的行政机关感到愤怒。
　　厚生劳动省的工伤保险审理室负责受理与工伤事故认定相

关的诉讼案件。当被问及对地方法院判决提出上诉的原因时，负责人回答说："个别案件我们不能予以回答。"还说："认定事实出现错误，或法院的看法可能不符合工伤事故认定标准的情况下，我们会将案件提交上级法院审理。"

但是，国家规定的工伤事故认定标准就是全部了吗？目前重点关注发病前半年间加班时间的标准是2001年经过了医生和专家们的讨论后制定而成的。然而，我认为这样的标准只是有助于顺利识别工伤事故的最低标准。符合标准便立即认定为工伤事故，如果遇到不符合标准的案件也不应该立刻驳回，而应该再慎重审查、按常理推测后可认定为工伤事故的案件也应予以认定。这样才是行政机关应该具备的态度。

就像我多次写到的那样，晓则先生至少在一年前就进行着严重的超负荷工作，之后也没有证据表明他的身体恢复了健康。如果认为当时的过重劳动对蛛网膜下腔出血毫无影响的话，那就相当不合理了。我认为在这种情况下，如果行政机关积极地协助父母进行工伤事故认定申请的话，那么没有人会有怨言。

过劳死也会发生在辞职后

虽然晓则先生的案件没能被认定为工伤，但我们依旧应该将其铭记在心。我们可以从他的死亡中学到很多。

首先是"夜间工作的严酷性"。即使是年轻力壮的人，一直上夜班也会感到非常疲惫。如果工作中不得不上夜班，那么必须要注意把夜班数量控制在最低限度，或者考虑缩短夜班出勤员工的工作时间等。

其二是"过劳死也会发生在辞职后"。细想一下也是理所当然的,辞掉工作并不能完全脱离过劳死的风险。工作期间饱受蹂躏的身体很显然不会立刻恢复原样。如果对自己的身体健康感到担忧,应该在辞职后尽早去医疗机构接受检查,请专家诊断自己感到不适的地方。同时,也必须要注意改正自己在忙碌时期形成的生活习惯(昼夜颠倒、饮食营养不均衡等)。

此外,我们也要意识到,还有很多人像矢田部先生一样没能成功认定为工伤事故。厚生劳动省的报告显示,当事人因脑部或心脏疾病去世后申请工伤事故的话,获得认定的比例(认定率)约为四成。因心理疾病自杀而死的人,其认定率也仅四成。大部分的人都只能忍气吞声,在采访矢田部先生案件的时候,我切实感受到了工伤认定是一扇非常"狭窄的门"。

15年苦战的结果

按照时间顺序,可将审判全过程整理如下:

2000年9月　　当事人死亡

2003年6月　　足立劳基局驳回工伤事故申请

2007年4月　　当事人的父母向Z公司提起民事诉讼要求赔偿损失

2008年9月　　当事人的父母为了认定为工伤提起行政诉讼

2011年4月　　地方法院对行政诉讼进行裁决(胜诉)

2012年11月　高等法院对行政诉讼进行裁决(反而败诉)

2013年3月　　地方法院对民事诉讼进行裁决(命令Z公司

支付120万日元赔偿金）

2014年4月　　高等法院对民事诉讼进行裁决（判定赔偿金额为"0"）

2014年7月　　最高法院拒绝受理行政诉讼的上诉

晓则先生的父母在民事诉讼中控诉"死亡是由过度工作造成的"，但是在没有被认定为工伤事故的情况下很难追究公司的责任。埼玉地方法院下达的一审判决书拒绝承认工作与蛛网膜下腔出血之间有因果关系，仅勒令公司支付120万日元作为过度劳动的精神损害赔偿。东京高等法院的二审判决反而退步了。二审认为"没有充足证据证明当事人受雇于Z公司期间健康受到损害"，无情到连一分钱的慰问赔偿都不允许提出。

2014年7月，晓则先生案件的民事诉讼全面败诉3个月后，最高法院决定不予受理行政诉讼的上诉。这一决定表明，有关工伤事故的诉讼今后不再召开。于是在2015年1月，我对站在最高法院门前的敏夫先生进行采访时，剩下的唯一机会就是民事诉讼的上诉。

2015年9月8日，又过去了半年，在晓则先生第15个忌日的时候，我再次拜访了矢田部家。那天气候凉爽，能感到秋天已经来临。

前一天我致电的时候家里没人，我想要是主人不在家就留下鲜花和供品后离开。不过，我一按门铃，和子女士就出来了，敏夫先生去参加当地的集会不在家里。

那天我被引进茶室，在佛坛前为逝者敬香，这里能看到晓则先生腼腆的笑容。敬完香以后，和子女士给我看了一张纸，是来自最高法院的文件，通知他们民事诉讼"不予受理"。这一年4月，这封文件也寄到了辩护律师那里。

父母最后的希望被这份文件断送了。虽然我早已听说了这个消息，但实际看到时还是感到非常失落，想起了穿着厚厚大衣、站在最高法院前的敏夫先生，他的眉头总是紧紧皱起。

和子女士收到文件的时候，身体好像一下子失去了力气。除了对工伤认定失败深感愤怒外，她也感觉如释重负："战斗结束了，再也不用抗争了。"

"其实我有松了一口气的感觉。有的人在审判中途就放弃了，而我一路战斗到了最高法院，感觉我为儿子坚持战斗到了最后。"

然而，和子女士继续说道：

"不过吧，最开始是这么想的，但是时日越久，我心里的后悔就越多。高等法院这样判就行了吗？心中不免会有这些想法。肯定也有人一路走到了最后的胜诉，但我们没能走那么远。"

"高等法院"就是指他们被翻案输掉的工伤认定诉讼案。之前已经在地方法院取得一次胜诉，想必父母一定非常失落。我想不出回应的话，只能默默喝着和子女士为我泡的茶水。看到我这副模样，和子女士换了个话题：

"那天晚上，我给他做了一杯可尔必思饮料。"

2000年9月7日晚上，晓则先生去世前一天，他少见地从印刷公司晚归。晚上11点左右回到家里，他怔怔地说："我想喝可尔必思。"和子女士记得自己以为儿子很累，就做了一杯浓浓的可尔必思饮料。晓则先生把饮料一饮而尽，很快回到了自己房间里。

坐在茶室里可以看到庭院的一角,那里种着一棵枝叶茂密的枇杷树。这是一棵充满了矢田部一家人回忆的树。晓则先生从专科学校毕业后在出版社工作的时候,从客户那里收到了枇杷。一家人吃完枇杷后把种子种在了院子里,不知不觉间嫩芽就抽条长大了。晓则先生去世以后,小树也继续成长。失去独生子的15年间,敏夫先生与和子女士每天都望着这棵树,为证明儿子死于过劳而不断抗争。

整整15年。

说一句不客气的话,父母二人这15年来都在为了儿子而鞭策自己年迈体弱的身躯。

即使案件被认定为工伤事故,并且让公司支付赔偿金,晓则先生也不会回来了。但作为父母最后的任务,他们想至少证明死亡原因是过度劳动,并在儿子的墓前转告他。可以说这样的行为如同一种"复仇"。

矢田部先生的案件曾被法院认定为工伤事故,就在父母以为自己复仇成功的时候,判决被推翻了,新的判决认为儿子的死亡与工作没有关系。我可以充分体会到他们失望的心情。

低鸣惊叫——

和子女士为"后援会"的通讯报告选择的标题,确实恰到好处地形容了晓则先生。他的人生路原本还很长。如果能活到今日的话,晓则先生应该也在45岁上下了,或许已经在喜爱的出版行业找到了工作,可能早已结婚生子。敏夫先生与和子女士永远地失去了享受他们独生子成长的机会。

《低鸣惊叫》共发行了56期,晓则先生的父母在最后一次报告里向一直以来支持他们的后援会表示感谢,并写下了这些话:

"我们身为父母,身为人,希望孩子度过充满工作乐趣和生活价值的人生。恐怕今后我们都无法忘记这份悲伤和悔恨。"

守护父母的观音像

从矢田部先生家步行不远处,有一座菩提寺。

人们参拜寺庙正殿的时候,可以看到侧边有一尊观音像。观音的左手拿着一朵花蕾,面带微笑,身材修长,胸部厚实,面容丰满,让我想起了追悼文集中的照片。观音像的底座上,刻有"晓云观音"的字样。

晓则先生去世三周年的时候,父母向寺庙捐赠了一大笔钱。这原本是他们为儿子积攒的财富。寺庙的住持心怀怜悯,用捐赠的钱打造了这尊观音像。父母经常到寺庙去,双手合十向观音像祈祷。

本章最后,我想分享一下敏夫先生写的文章,是他汇编了整本追悼文集。

"晓则,是我,你还认得吗? 我现在坐在你的灵前写这封信,心里又悲伤又寂寞,眼泪止不住地流。晓则,和你一起生活超过27年,我真的觉得非常充实,有意义,也很快乐。谢谢你,晓则! 真的非常感谢! 我们一家三口一起旅行,去了很多地方呢。从北方的北海道到南方的冲绳,我们几乎去过了所有旅游景点。你还记得吗? 真的非常开心。对你这么说可能很残酷,但是我们原本特别希望至少能看一眼你的妻子和孩子，然后把我们作为父母为你辛辛苦苦积累的财产交给你。可惜啊！晓则，下次再见的时候，我们一家三口，还有奶奶，不论发生什么都不会再分开，一起幸福快乐地生活下去吧。在那之前，还要先分开一段时间。那么晓则，再见。再见，晓则！"

> ➤ **Z公司公关负责人的发言："本公司承诺在工作中，遵循监管部门的指导和监督以及相关法律法规。"**

专栏四
在夜班中求生

　　如果可以的话，最好不要在深夜工作，以避免给身体带来损害。但是有些工作场所像医院和警察局等，不得不保持24小时待命。在这些地方工作的人该如何保持健康呢？佐佐木司先生是大原纪念劳动科学研究所的劳动与疲劳研究专家，在他的帮助下，我归纳了几个要点，简介如下。

• 夜班期间至少小睡60分钟

　　夜班工作期间小睡一会，可以在一定程度上减少疲劳，并削弱熬夜对生活规律的干扰。理想状态下，应该凌晨0点到4点左右之间小睡120分钟，但要是不行的话，至少也要确保60分钟的睡眠。

• 夜班结束后马上睡觉

　　人的体温在一天中会出现波动。黎明前后人的体温最低，随着白天的到来温度逐渐上升。由于体温上升期间不利于睡眠，即使白天想睡觉，睡眠质量也不好，难以消除疲劳。因此，一旦在凌晨或清晨时分结束夜班，最好直接在办公室的休息室里睡一觉。如果决定回家的话,路上暴露在太阳光下就会失去睡意,建议回家路上可以佩戴太阳眼镜(但不可以开车)。

• "消除困意"的午睡应不超过15分钟

短时间的午睡是白天保持注意力集中的有效办法。但要是午睡时间太长的话,反而会在醒来的时候头脑不清醒,不能顺利完成工作。据说人体在入睡15分钟后才会进入深度睡眠。因此,午睡15分钟以内的话,醒来会感到困意消失,神清气爽。不过,短时间的午睡可能消除了表面的困意,却并没有消灭身上的深层疲劳感。最终还是需要好好睡一觉。

• 长期夜班后至少休息2天以上

如果工作中长期上夜班,那么为了消除疲劳需要至少48小时以上,即整整两天的时间来休整。夜班结束后的第一天先用来恢复身体的正常节奏(早上起床,晚上睡觉)。这时体内还留有夜班带来的疲劳和压力,还需要第二天用来好好休息、调整节奏,最终真正恢复体力、消除压力。

• "正循环"的轮班安排

按照"早班""中班""夜班",工作时间逐渐变晚的顺序安排轮班,就被称为"正循环"排班。这种排班方式比从"夜班"到"早班"逐渐早起的"逆循环"排班更值得推荐。人体内的时钟不是准确地按照24小时运行的,而是以多了大约一个小时的周期进行运转,所以人体更容易适应睡眠和起床时间慢慢变晚。(*本来应该早晨起来晒太阳的生物钟因为这一个小时的"差距"得以重置。)

有很多人即使并不处于昼夜连转的职场，也有生活节奏混乱的烦恼。希望这些人可以参考以下几点建议，在繁忙之中做好身体健康管理。

- **工作在睡前90分钟结束**

人在工作时大脑处于兴奋的状态，如果一直工作到临睡前，睡眠质量会变差。睡前90分钟停下工作，通过放松活动让大脑平静下来。另外，比起身体躯干，如果能提高身体末端如手和脚的温度，那么会更容易睡得好。夏天的时候可以在脑袋下垫冰枕冷却（降低身体核心部位体温），冬天则是在睡觉前一直穿厚袜子保暖（提高身体末端温度），诸如此类的方法都十分有效。

- **起床时间不要变化**

起床时间和平时相差两个小时以上，人体的生物节律就会被打乱。因此，周日一觉睡到中午的话，周一上班反而会觉得疲惫。也就是说，所谓的"补觉"完全没有意义。

- **第三天纠正紊乱的节律**

即使连续熬夜两天，只要第三天回到规律的生活，那么体内时钟基本也能得以复原。所以，很多公司将周三定为"无加班日"是有道理的。周一和周二拼命工作之后，如果能在周三重置自己的生物节律，身体就不会崩溃。

佐佐木先生向我介绍了澳大利亚的研究，说明睡眠不足与交通事故之间的联系。

实验对象是早晨起来以后已经清醒了相当一段时间的"睡眠不足者"，被要求完成操作追踪画面上一个正在移动的目标。实验要测试的是驾驶车辆时必需的注意力。实验者也给"饮酒者"做了同样的测试，让他们喝了掺有伏特加的橙汁。实验对比了两类人的操作成绩。

实验证明，"睡眠不足者"在起床10多个小时后，操作成绩开始下降。起床后清醒了24小时的人，其注意力与血液中酒精含量达到0.08%以上的"饮酒者"处于相同水平。

顺便提醒大家一下，日本的交通法规定饮酒驾驶标准为"每升呼吸中含有0.15毫克以上的酒精"。这个量换算成血液中酒精含量的话是"0.03%"，这意味着熬夜后驾驶跟酒后驾驶的危险程度一样。与酒后驾驶相比，睡眠不足的疲劳驾驶带来的危险性似乎还没有被世人所熟知。驾驶员必须牢记在心，睡眠充足的情况下才能握住方向盘；而公司也必须注意，绝对不可以让熬夜工作后的员工驾驶车辆。我们在倡导"饮酒不开车"的同时，也应该提醒大家"疲劳勿驾驶"。

第八章　被心理疾病击垮的"小镇邮递员"

　　曾是"小镇邮递员"的大桥光二先生(化名)于2010年冬天结束了自己的生命,时年51岁。他罹患心理疾病,多次因病停职又复职。为了照顾妻子和三个年幼的孩子,他努力工作,却最终耗尽了自己的力量。

满怀忧虑的早晨

"那天早上,寒冷的空气仿佛能刺痛我的皮肤。"

大桥博美女士(化名)回忆起2010年12月8日,丈夫去世那天的情形。

早晨6点45分左右,夫妻俩像往常一样一起离开了位于埼玉县中部的家。博美女士每天的日常就是驾车把丈夫送到几分钟远的车站,然后再为上小学的三个孩子做早晨准备。

丈夫在埼玉市内的"埼玉新都心邮局"上班,通勤大约需要一个小时。博美女士手握方向盘,内心忧虑重重,不知道丈夫今天是否也能平安回家。副驾驶座位上的光二先生眼神暗淡,几年前开始他就遭受心理疾病的困扰,而那年冬天他的病情更加严重了。博美女士有心想说几句玩笑话缓和一下气氛,但也没有时间了。

她把车子停在站前的环形道路上,缓缓打开副驾驶的车门。即便是非常熟悉的车门,仿佛也让此刻的光二先生感到非常沉重。而博美女士没有别的办法，只能在驾驶座上看着这副模样的丈夫。光二先生一步一步走向车站，他抬起一只脚，落下，再抬起另一只脚。感觉他要是不刻意做动作的话，好像就会在半路上停顿下来。

车站的检票口在二楼，在楼梯的一半处，博美女士可以透过窗户看到光二先生的身影。她在驾驶座上用力挥舞右手，光二先生仿佛戴着面具一样面无表情，不过还是边爬楼梯边挥手回应了妻子。他们一直挥着手，直到看不见彼此的身影。

几分钟后，博美女士收到了光二先生发来的邮件。

"谢谢。总是麻烦博美你，抱歉。我走了。"

光二先生上班的时候一直会发这样的邮件来，但提到"抱歉"这个词恐怕还是第一次。博美女士有点在意，马上回复丈夫：

"照顾好自己，我等你回家。"

她的这封邮件没有收到回复。大约1个半小时后，上午8点半左右，光二先生在工作的地方结束了自己的生命。

埼玉新都心

"埼玉新都心邮局"在当地颇有名气，是人口规模超过130万的埼玉市内唯一一家24小时营业的邮局。其配送范围约有22万户家庭，包括县政府所在的浦和以及繁华的大宫等地区，在日本首都圈内拥有首屈一指的快件处理数量。2018年元旦投递的贺年明信片就有约600万张，据说是全国邮局当中数量最多的。邮局的隔壁是"日本邮政关东分部"的高层大楼，负责分管除东京和神奈川以外关东地区5个县超过2 500个邮局。埼玉新都心邮局可以说是该地区的枢纽。

早晨,熟悉的红色摩托车从邮局的停车场出发陆续进入城市,后轮上方的盒子里装着许多需要当天投递的明信片和小包裹。这是每天早晨都能看见的风景。直到2010年冬天前,大桥光二先生也属于这群红色摩托车手之一。不过在他的白色头盔下,应该是一副苦闷的表情吧。据博美女士说,光二先生驾驶摩托车的时候总是有各种担心,能否按时投递,着急配送的时候会不会引发事故,等等。

光二先生曾在埼玉县的另一家邮局工作了20多年。当时健康状况良好,但调到埼玉新都心邮局工作后就患上了心理疾病,最终自杀。到底是什么驱使光二先生走上了不归路呢?

自毁式销售

2013年11月1日,我正在首都圈的某个城市访问。就职于中部地区邮局的A先生给我发来一封邮件说:"今天按照计划见面。"

A先生从未在埼玉新都心邮局工作过,也不认识大桥光二先生。但我听说在某些邮局普遍存在"坏习惯",了解这些情况应该能为光二先生的自杀提供线索。因此,我通过熟人介绍,申请对A先生进行采访。

因为A先生说在当地见面可能会被别人看到,所以专门到首都圈附近来碰面。他在邮件中写道:"越靠近首都中心,折现率越高。"

那是我第一次与 A 先生见面。下午 4 点左右，一位 30 多岁的男士穿着作为碰头标识的红色夹克，出现在了车站前。我注意到他的左右肩膀上各有一个背包，里面装得满满当当，尼龙材质的底部好像都要被撑破了。在长椅上做完自我介绍后，A 先生给我展示了背包里面的内容。

虽说我事先有所耳闻，但实际见到时还是大吃一惊。他从两个背包里接连拿出许多尚未使用的贺年明信片。几百张为一捆，我清点了一下，大概有 3 000 张。在我看完以后，A 先生把这些明信片放回背包里，从长椅上离开。

他朝着车站前的一家折价售票店走去。

"42 日元收贺年明信片。"

在店铺门面张贴的宣传单上确认好价格以后，A 先生进入店内。

"我想来卖一些贺年明信片……"他略带紧张地向柜台后的店员搭话。

这一天，庆祝新年元旦的贺年明信片刚开始发售。把当天在邮局出售的新品带到折价售票店转卖明显很不自然，店员却是一副非常理解的样子，也不问为什么拿来卖，只是利落地收下了一捆捆明信片。店员一共交付 109 200 日元，买下了 2 600 张明信片。A 先生把这叠钞票塞进钱包后，离开了商店。

他从车站步行一段路，来到了咖啡馆。A 先生脸上的紧张神色似乎有所缓解。"虽然我不觉得自己做的事情是对的……"他说着，向我解释了自己奇怪的行为。A 先生是中部地区邮局的非正式雇员，领导对他提出了卖出上千张明信片的销售要求。

传统的销售方法是在配送包裹期间与本地居民建立良好关系，再向他们兜售明信片。

"但是，现实中并不会那么顺利。平时忙于送件就累得够呛，根本没空问他们：'要买贺年明信片吗？'再说，现在有寄送贺年明信片习惯的人也渐渐变少了。"

如果不能完成销售目标，就会被领导责骂说"好吃懒做"，"你要是不想做销售就赶紧走人。"对于每半年就要续签一次雇佣合同的A先生来说，这些话听起来就等于是："不做销售就等着解雇。"所以，A先生自己开始大量地购入明信片。

那天带来的2 600张贺年明信片，全都是A先生在邮局以每张50日元（当时）的正常价格自己购入的。折价售票店的收购价格是42日元一张，每张损失8日元，A先生一共损失约2万日元。他的每月收入实际到手也就只有16万日元，这笔开销让他非常痛苦。A先生说："为了继续工作下去，我没有别的办法。"

自己出钱买下无法达到销售指标的贺年明信片，又为了尽量减少损失所以转卖给折价售票店。这就是邮局之间普遍存在的坏习惯，所谓"自毁式销售"的真实状况。虽然我早已听说过传闻，但得知自己身边的邮局里就有这种情况，还是感到非常可怕。

分别的时候，我提出了自己的疑问。A先生没有把带来的所有明信片都转卖给商店，还留下了几捆在自己身边。我问及原因的时候，他苦笑着回答说：

"剩下的我打算自力更生，接下来就去顾客那里转转。"

越接近年关，折价售票店的转卖价格就越低廉。如果他卖不出去的话，只会增加自掏腰包的负担。

我只见证过A先生转卖的场景，但也从全国各地其他邮局的员工们那里成功收集到了"我也在自毁式销售"的证词。2013年我采访日本邮政总部的时候，公关负责人承认部分邮局存在可称为"自毁式销售"的行为，并解释说"贺年明信片的销售目标设定是恰当的，完成不了也不会有惩罚"。这是公司方面的解释，希望员工以卖出这么多明信片为"目标"，并不是卖不出去就会受罚的"指标"。然而，和我交流过的邮局员工们都迫不得已，自己掏钱购买过明信片。明明领导没有施加任何压力，他们究竟又是为什么要自掏腰包呢？

　　埼玉新都心邮局也不例外。据一位员工说，光二先生就职期间，员工们每人有7 000张明信片的销售指标。听说主管会在午休的时候把没有完成指标的人叫进办公室，追问他们："到底是怎么卖的！"这位员工很干脆地告诉我："每年我都自毁式卖掉四五千张。"光二先生不喜欢邪门歪道，也不去折价售票店。妻子博美女士说，所以他自己买下来的明信片都堆在家里，夫妻俩甚至要打电话拜托亲戚使用卡片。

　　让员工自掏腰包购买商品的职场是完全不正常的。

工作调动拨乱命运

　　从1982年起，光二先生就在埼玉县岩槻市（现已合并至埼玉市岩槻区）的岩槻邮局工作。2006年5月他调到埼玉新都心邮局工作以后，才开始遭受心理疾病的困扰。

　　收到调令那天早上10点刚过，博美女士的手机就响了。丈夫很少会在工作时间给她打电话。

"糟了，我可能要辞职。要调去新都心，我最不想去的地方。"

光二先生还没有赴任，内心已经有了强烈动摇。那天以后，光二先生买了一张新都心地区的地图在家里看起来，为了在赴任前尽可能多认一些路。

为什么光二先生会如此害怕调动？我向"邮政产业工人联合会"的仓林浩先生了解情况，该联合会由邮局的工作人员组织建立。联合会在光二先生去世后接受了博美女士的咨询，进而展开调查。仓林先生在调查中承担了核心任务，他不仅是工会主干，还在东京的邮局里工作了30多年，是一位经验丰富的邮政人员。

按照仓林先生的说法，邮局的员工里原本就有很多不喜欢工作调动的人。邮递员能否牢记投递区域内的小路和单行道，将极大地影响配送时间长短。他们不喜欢因为调动不得不重置自己熟悉的路线图。

而且对于光二先生来说，这次调动后，将在完全不一样的环境里重新开始工作。他之前工作的岩槻地区是宁静的住宅区，而埼玉新都心地区正相反，就像前文描述的那样，其配送范围内既有商业街也有住宅区，邮件数量在首都圈内名列前茅。据传，埼玉新都心地区的辞职人数也很多。

"邮局员工最重要的就是对当地道路熟悉了解。一下子要从零开始，而且还是这样大规模的邮局，大桥先生肯定感受到了巨大的压力。"仓林先生对我强调。

当时在埼玉新都心邮局工作的驹田昇先生目睹了光二先生埋头苦干的样子，他和光二先生分别在不同团队里投递邮件。

出发配送前，他们要把邮件分类整理完，在前往地下车库的电梯里两人经常碰面。驹田先生已经在浦和附近配送邮件超过30年，不需要地图就能知道当地所有的路线。另一方面，光二先生则在电梯里展开地图，努力查找配送路线。驹田先生向他搭话："没事吧？"光二先生挠了挠头，说："去了才能知道啊……"脸上浮现出焦虑的神情。

上午的配送工作完成后，邮递员们会回到邮局，下午1点45分前是午饭时间。驹田先生吃完饭抽烟的时候，光二先生才好不容易完成投递踩着点跑进食堂。这种情况经常发生。

"我觉得大桥先生吃午饭的时间最多只有15分钟。他对这块地区还很不熟悉，却被安排了很多任务。"驹田先生说道。

驹田先生一直担心着还没有熟悉新环境的光二先生。他们分属不同的配送团队，所以驹田先生也没法帮他，不过总想作为朋友至少分担光二先生的烦恼。傍晚6点左右下班后，驹田先生会去邮局附近的居酒屋，必然会坐在靠窗的位子上，等候半小时或一个小时，就能看到光二先生下班路过。驹田先生就举手示意他："进来吧。"

"今天也很晚呀，没人帮帮你吗？"

"没有，我不行啊——"

他们边喝着两三杯生啤或者烧酒边聊着天。驹田先生看到光二先生的表情确实放松下来后，就回自己家了。

驹田先生一直都是能理解光二先生的好朋友，但在光二先生去世前一年，驹田先生被调到了另一家邮局工作。

"我一直很担心他，但终究无能为力……"驹田先生在埼玉市的家里和我对话的时候，脸上满是懊恼。

令人焦头烂额的话

光二先生即使回家以后脸上也没有笑容，博美女士每天都能听到他在抱怨。

"大家工作完成得都好快啊，比起在岩槻说自己效率高的人，他们快多了。"

"我实在是太焦虑了，感觉自己最近可能要犯大错或者发生什么意外，好怕呀。"

光二先生还说过这种话。

"总之就很艰难，领导对我们说：'不要犯错！不要出意外！不要加班！'这些话让我每天都焦头烂额。"

不要犯错、不要出意外、不要加班——不知道他的领导是否真的说了一模一样的话，但光二先生在整个工作期间脑子里一直回响着这几句话。

"不要犯错、不要出意外。"

据前文提到工会的仓林先生所说，埼玉新都心邮局以管理层的管束严格而闻名。光二先生去世后，工会在调查中发现，还有以下案例能说明什么叫"管束严格"。

那是被员工们称为"上台"的例行公事。

埼玉新都心邮局每周一都会召集当天上班的100多名员工举行晨会。如果有员工在配送途中发生了交通事故或几次发生投递错误，那么这名员工就要在晨会上说明自己出错的过程和理由。

"某月某日，我造成了意外，原因是——"

出错的人要站到和成年人膝盖一般高的"站台"上公开讲话。要是有员工发言含糊不清，那么站台左右两侧的管理层领导就会厉声大骂："你这根本不是道歉的样子！"据说站上台子的人有不少都在发言过程中流下了眼泪，还有人第二天把头发都剃了。

光二先生似乎非常害怕站上那个台子。他回家后，有时会脸色灰暗地在博美女士耳边小声说："明天可能我也会站到台子上……"

"不要加班。"

关于这一点仓林先生指出，日本的邮政集团当时正处于业务私有化改革中。作为改革的一环，当时基层的邮局收到各种指示，要求提高收件及配送速度等。

"当时，分拣邮件包裹的房间里椅子被撤走了，还用秒表计算完成时间。埼玉新都心邮局正是走在改革最前端的邮局之一。新都心邮局的隔壁就是日本邮政关东分部的大楼，可以说那里是'关东分部的咽喉'。因此，新都心邮局在改革中要起到带头作用。相应地，它在额外工作（加班）方面施加的压力也尤其大。"

仓林先生继续说着：

"如果员工加班，那么邮局就要为他们支付加班费。日本邮政为了避免支付加班费，极力减少员工加班。然而，只要投递的邮件包裹数量不减少，邮递员的工作量就不会变少。我猜光二先生是不是也苦于这份压力，想要每天都在工作时间内完成配送。"

抑郁症

光二先生的身心都被消磨得疲惫不堪。休息日里他的脸色也很阴沉，从不出门。在博美女士的劝说下，光二先生去附近的诊所就诊，最终被确诊为"抑郁状态"并请假休息，彼时是2008年2月，距离他工作调动还不满两年。自那以后，光二先生反复多次休病假再销假回去工作。我把光二先生请假的时间段整理如下：

第一次　2008年2月～3月
第二次　2008年9月～2009年1月
第三次　2010年4月～6月

光二先生休息一下就会感觉好很多，但一回到职场抑郁症又会再次发作。这种情况不断反复。

我听博美女士讲述光二先生当时的模样，内心感到非常痛苦。博美女士记得他曾说过这样的话：

"我没有生病，只是被宠坏了。我要是生病了的话，那在新都心工作的每个人都病了。""我会去医院的，但是去医院好像就是在逃避工作一样。""我们的孩子还小……"

假如感冒了，那么有发热的症状就可以名正言顺地休息。但是，心理疾病却不一样。就连饱受折磨的患者本人都可能分不清，自己到底是犯懒还是真的不想工作。于是，患者得不到好好休息，症状越来越严重。就算真的请假休息了，他们也会责怪自己是个"懒汉"。

诊所的病历上记载了光二先生的悲痛呐喊：

"职场环境太艰难／不想去上班／上班让我有压力／不知道是不是因为两年前换了工作……"（2008年9月）

"昨天很着急，差点造成意外／现在的工作压力很大，虽然业务相同，但是必须要在规定时间内完成。"（2010年4月）

时间走到了2010年冬天。

临近年关有许多贺年明信片，这是邮局最为繁忙的时候。光二先生结束了几个月前的第三次病假刚返回职场，一边定期去医院接受治疗，一边以危险的状态进行着工作。然而，他的精力早已用尽，有时甚至在配送途中就想："直接回家算了。"

12月1日，光二先生休息日去复诊的时候，医生建议他再次休假。可是光二先生摇了摇头说："现在工作很忙，不能请假。"他就这样继续回去工作了。

为什么他没有听从医生的建议休息呢？我想光二先生应该是感到了"已经没有退路"的危机感。工作不到5年他就请了3次病假，再请下去可能就必须考虑"离职"了吧。光二先生还要照顾妻子和年幼的3个孩子。

即便如此，光二先生的身心也不能如他所愿投入工作。他的内心一定有许多纠结和矛盾。

5天后的12月6日，光二先生回家以后洗了个澡。站在洗脸池前的博美女士听见浴缸里的丈夫在嘀嘀咕咕说着他们的小女儿。

"惠子（化名）马上要上四年级了。她上小学后就没有看到过爸爸开朗有活力的表情吧。"

出于好奇，博美女士透过打开的门悄悄张望浴室。光二先生闭着眼睛，用拳头敲着自己的脸颊。

"嘿哟，振作起来，振作起来。"

两天后，光二先生选择了自杀。

妻子的思念

"丈夫离世的时候，我也死了。"

妻子博美女士这么说道。

2013年初夏的时候，我第一次见到博美女士。那时，她正在为起诉日本邮政的审判做准备。通过其他过劳死遗属的介绍，我了解到这起事件，随之开始进行采访。约见博美女士有一定困难，因为她平时有全职护士的工作，还要独自抚养三个孩子。此外，她也要应对庭审，实在是忙得分身乏术。不过，实际见面的时候，博美女士丝毫没有表现出忙乱不堪的样子，她弯下瘦小的身体鞠躬，脸上带着和善的微笑向我打招呼。她是一个善良的人，不喜欢受到别人的特殊照顾。

当我听她说起光二先生的时候，可以感受到她对丈夫深切的爱，让我频频感到鼻头一酸。她微笑的眼睛有些湿润，说："我觉得我和他是一心同体的。我们经常开玩笑说，要死的话一起去死。"

他们夫妻俩是通过朋友介绍认识的，博美女士被开朗、有趣、善良的光二先生吸引。他们在一起的时候总是笑声不断，朋友们都取笑他们"像喜剧表演的搭档一样"。他们结婚后生育了三个孩子。

即使光二先生去世后已经过了好几年，博美女士也没有扔掉任何能让自己想起他的东西。12月8日早晨，光二先生上班时穿的黑色夹克和牛仔裤都被整齐地折叠起来放在衣柜里。他自杀时穿的邮局制服上沾有血迹。"很痛吧，很痛吧"，博美女士在心里默默对丈夫说着，把衣服手洗干净了。去世前一天去超市购物的小票也没有扔，博美女士那天买的二折鸡排，成了光二先生最后的晚饭。

"我应该给他做点更好的食物就好了。"博美女士望着已经破破烂烂的小票，一次又一次地后悔道。

当我问起为什么要提起诉讼的时候，博美女士的回答令我印象深刻。

"我最大的目的就是要告诉孩子们'爸爸没有错'。"

在JR大宫站前的咖啡馆里，她对我说道。

博美女士一直在苦恼，该怎样告诉孩子们父亲的死亡。她觉得告诉他们父亲是自杀的话，孩子们必然会受到冲击。他们都见证了父亲努力工作的样子。要是孩子们知道了父亲是由于工作的折磨而死，那他们以后还会认真工作吗？他们会不会害怕工作，不愿意工作呢？博美女士对此非常担心。一番纠结之后，她决定先隐瞒丈夫自杀的事实，她认为这样孩子们会比较容易接受。

但是孩子们长大以后，终有一天会发现真相。博美女士必须要告诉他们实情。为此，她决定提起诉讼。

"我想向孩子们证明，不是他们父亲的错，责任在公司。像他那样竭尽全力工作不是一件蠢事，这一点很重要，我希望能传达给孩子们。"

为了自己的三个孩子，博美女士向日本邮政这样的大公司发起了挑战。从她坚定不移的目光中，我可以看到这份决心之强烈。

2013年12月，博美女士正式提起诉讼要求赔偿。此时距离光二先生去世已经过去了3年，从中可见案件的困难程度。因为日本邮政拒绝承担赔偿责任，博美女士已经预想到要在法庭上打一场持久战。

我必须要花一些笔墨来描述博美女士那段时间里身心俱疲的样子。痛失心爱的丈夫带来的悲伤、工作和育儿方面的劳累、前途渺茫造成的焦虑。此外，还有审判前的抗争也不是一件简单事。她曾经在上班的电车里泪流不止。晚上照顾孩子们睡下以后，博美女士独自一人的时候差点遇险。她感到呼吸困难，犹豫了一下要不要叫救护车。她害怕安静的夜晚，只得戴上耳机听着音乐睡觉。听的是宇多田光的曲子，是博美女士以前和光二先生一起听的音乐。

博美女士的三个孩子也支撑着她，一起携手走过那段时光。年纪最小的惠子在母亲离家的时候负责洗碗和洗衣服。博美女士忙得晕头转向，有时上班前都忘记设置电饭煲煮饭。每当这时，还在长身体的大儿子就会忍着肚子饿，把自己的饭分给弟弟妹妹。

孩子们也在以自己的方式渡过难关。博美女士担心大儿子的情绪不稳定，曾与学校的辅导员进行过交流。辅导员也找大儿子谈话了。那天他回家以后对母亲说："找我问了将来的计划之类的。"态度非常淡然。几天后博美女士收到了辅导员寄来的信,读完信,她的眼泪止不住地流。

"谈话的时候我们聊了将来的计划等,但是谈到一半他就放声大哭。我告诉他示弱也没关系。"

未能实现的岗位调动

对于日本邮政的回应,有一点最令我感到愤怒,他们为什么不把光二先生调到其他工作岗位去呢? 他在岩槻邮局的时候身体健康,转到新都心邮局以后就频频休病假。如果有机会再次调动的话,光二先生的情况就有可能得到改善。

至少光二先生也是这么想的。例如,在他第二次请病假的时候,曾在职员申告书里写道:

"我认为埼玉新都心邮局为其他邮局树立了一个优秀的榜样,但如果我能去中小规模的邮局里认真工作的话,对自己的健康也有益。可以的话,我希望尽快申请工作调动。"

从第三次病假回到工作岗位前,夫妻俩一起咨询过公司的产业医生。博美女士说,当时光二先生表示"想尽快调岗",但产业医生叱责他"怎么还在说这种话啊"(庭审中公司方面否认了这位产业医生的发言)。

如果说在中小规模的企业工作,没有可以转岗调动的地方,那就另当别论,但那可是全国的日本邮政集团。光二先生家附近就有好几家邮局,公司不可能说没有空余岗位让他调过去。日本邮政为什么不能多一些人文关怀,让光二先生到新的工作环境转换一下心情呢? 我以为,这是由于公司缺乏对心理疾病的理解。

我们生活在一个心理疾病患者不断增加的时代。调查显示，有六成上班族都在工作中感到压力巨大。如何支持休过一次病假后回到职场的人，是日本所有公司都面临的挑战。像日本邮政这样大规模的公司，没有很好地树立起榜样，那就是失职。

另外还有一点，我希望大家能记住，光二先生被指示"不要加班"，让他倍感痛苦。诊所的病历上写着"不得不按时完成所有任务"。我们应牢记，忽视员工本人的工作节奏强行要求效率，也和长时间劳动一样，会对员工的身心造成伤害。

最近，越来越多的公司把加班视为一大问题。这件事本身没有错，但同时呼吁"提高生产率"的声音也在政治家和企业经营者之间不绝于耳，令人有些担心。这是一种想当然的论调，认为企业通过不加班、提高每个小时的工作效率就能实现增长。应当给予员工宽松的条件，减少不必要的工作。如果没有这些前提措施，而只说"不要加班"这种话，无异于扼杀他们。我很担心，今后还会有很多类似光二先生的情况出现。

然后迈向和解

2016年10月12日，距离提诉已过将近3年，博美女士出现在了埼玉县政府的记者俱乐部。在相机闪光灯噼里啪啦的照耀下，身穿灰色西装的博美女士微微垂着头说话。

"我想说，很感谢丈夫为了我们家辛勤工作……"

那天中午过后，博美女士与日本邮政在埼玉地方法院达成和解。判决书中这样写道：

"被告（日本邮政）没有确认这些事实：已故的大桥光二先生调至被告埼玉新都心邮局后，医疗记录上写着罹患抑郁症和其他精神疾病，而单位没有满足当事人提出的办公地点变更申请，致使当事人自杀。不过，被告对上述情况表示遗憾。"

"遗憾"这个词有些模糊，但至少代表公司承认光二先生的自杀与工作有一定关联。判决书没有公开和解金额，但据说远超普通的过劳死案例水平。在博美女士这边看来，和解条件可以说是一次"胜利"。

能走到这一步，多亏了过劳死问题的资深专家尾林芳匡带领的律师团和邮政产业工人联合会所提供的帮助。在加班时间不长的情况下，他们依旧追究到了公司的责任。在尾林律师的指挥下，工会成员们四处奔波，大清早就在埼玉新都心邮局门前发放传单收集信息，还调查了全国范围内自毁式销售的情况。在此过程中，他们也收集到了前文提到的"上台"等信息。

一同出席招待会的尾林律师向记者们解释了本次和解的意义：

"本案并不涉及长时间劳动，法院看到了公司向劳动者施加压力的行为，如让他们站在台子上接受同事集体责问这类职权霸凌行为，还有不得不以自毁式销售来完成严苛的销售目标。有鉴于此，法院建议原告和被告双方和解。"

日本邮政集团也没有全盘接受博美女士提出的指控。根据案件记录，公司主张，上台的行为是"让员工都知道意外事故的危险性，通过分享信息防止类似事件再次发生，并不是原告认为的'儆戒行为'"。至于贺年明信片的销售目标，那"只不过是一个目标,没有完成的员工也不会受到惩罚"。不过就像之前所说的,尾林律师认为,公司对案件表示"遗憾",这就代表在一定程度上公司也承认了工作环境的恶劣。

我在笔记本上记录着招待会的情况,内心十分感动。光二先生去世后的6年里,博美女士一直在坚持抗争,不仅为了悼念丈夫,也为了守护孩子。我从笔记本上抬起目光,与博美女士四目相对。她还是和以前一样,微微垂下眼睛,还是那个行事低调、不喜欢表现的人。博美女士放在双膝上的手握成拳头,似乎是她一直在斗争的证据。

我忘不了她对我说:

"终于可以告诉我的孩子们,父亲没有错,工作很重要。我终于做到了。"

> 博美女士向埼玉劳基局申请认定光二先生的案件为工伤事故,却在2017年10月被驳回。她正在向埼玉劳基局申请进行第二轮审查,但直到本书截稿的2018年秋天,还是未能成功认定为工伤。这样看来,博美女士的斗争还远没有结束。

> 2018年秋天,日本邮政的公关负责人回应了我的采访请求。具体如下:

——贵公司如何看待大桥先生的自杀?

"我们接受失去了一位员工的残酷事实,并向各位遗属表示深切哀悼。"

——大桥先生说过:"领导对我说'不要犯错!不要出意外!不

要加班！'这些话让我每天都焦头烂额。"我认为工作上的紧张和压力是大桥先生自杀的背景原因。

"我不认为本公司在劳动管理方面有不妥之处。司法裁决也没有判断死亡与工作之间有因果关联。"

——我收集到的证词表明，成为全国邮局通病的贺年明信片自毁式销售在埼玉新都心邮局也有发生。

"我们知晓在部分邮局出现了所谓'自毁式销售'行为。公司每年都不鼓励各邮局进行没有实际需求的销售。以最近采取的措施为例，几年前公司就禁止给员工个人设定销售目标，甚至在2019年取消了为各个邮局设立贺年明信片的销售指标。"

——有的员工因为"上台"而感到痛苦。

"晨会还有表彰优秀员工等议程。确实也会汇报意外事故的情况，但我们无法确认是否存在惩罚性的内容。像交通事故这种会危及员工生命的问题，我们认为很有必要唤起大家的注意并广而告之。"

——使用秒表等设备记录业务完成时间，并制造"不要加班"的工作氛围，贵公司不觉得大桥先生是被这些行为逼上绝路的吗？

"的确当时全国的邮局都把业务效率提高作为必要任务。为了减少每个人完成业务的差异，决定制作邮递员工作手册。为了制作手册，就要用秒表测量业务的完成时间。这一连串的改革中，公司最为关注的就是减少无用功。不过，我们在一定程度上过快地推进了改革，可能在员工当中有人会觉得'有必要做到这种地步吗？'"

——调动到埼玉新都心邮局工作而罹患心理疾病的大桥先生，生前想转岗到别的地方却没成功，这是为什么？

"我们了解到，调动的目的是希望回到原来的工作环境里，以便慢慢恢复到可以正常上班的身体状况。但如果身体没有恢复还安排调动的话，可能会给他带来额外的精神负担，从而导致相同的情况再次发生。"

专栏五
预防因心理问题产生的自杀现象

因心理疾病而申请工伤的人在不断增加,2017年达到创历史纪录的1 732人。获得工伤认定的有506人,其中98人曾蓄意自杀(含未遂者)。在"抑郁症"或"心理疾病"这类词日益流行的背景下,现状的严重性不言而喻。

本书中反复使用了"过劳死红线"这一说法,但心理疾病的产生不仅仅与劳动时间有关,还与职场的人际关系、工作上有无挫折等因素大有关联。2017年通过工伤事故认定的506人按照原因细分,包含职权霸凌的"欺凌、骚扰、暴力行为"最为常见,有88人,有35人的原因是"性骚扰"。其他各种各样的原因包括"发生人员调动"(11人)、"工作中犯下重大失误"(8人)、"被迫离职"(5人)等。

那么,我们应该如何应对心理疾病呢?在疾病的早期阶段,主要有"预防"和"早发现早治疗"这两大方法。

预防方面,我想可以参考厚生劳动省网站上"大家的心理健康"栏目。网站上有许多建议可以参考,如进行适当运动,保持良好睡眠,找到合适的放松方法,用积极的思考方式……我想"能做到这些就不会有麻烦了",请大家尽力而为。

我还要强调早发现和早治疗的重要性。如果已经意识到自己心理出现了问题，也不必过度惊讶。现在心理疾病已经可以说是日本人的"国民病"了。罹患如抑郁症之类"情感障碍"的病人已超过百万人。甚至还有调查结果表明，每4个人中就有一个人一生中会患上某种精神疾病。这和生病以后去附近的医院看病是一样的，希望大家如果心理出问题的话，也可以轻松地去医疗机构就诊。这样可以预防病情恶化。

一开始不找医生咨询也没有关系。同事也好，家人、朋友也罢，和谁聊一聊都会有很好的效果。即便不能找到具体的解决方法，找到别人倾诉烦恼也能让心情舒畅很多。有时和别人交谈的时候，就可以理清自己的头绪。总之，务请寻求咨询。

我对家属也给出同样的建议，首先要尽早察觉变化，并带患者就诊。衣服穿得乱七八糟、神色暗淡无光、经常暴躁易怒——如果家人出现这些变化就应该怀疑是心理疾病，要督促他们尽快就诊。

除此之外，最重要的还是要"预防最糟糕的情况发生"。预防疾病和尽早就诊都非常重要，但这些方法不一定都能成功。即便采取了预防措施，也一定要防止患者越过了最糟糕的临界线而选择自杀。

临界线在哪里呢？非常了解过劳自杀问题的精神科医生天笠崇先生（代代木医院精神科科长）在其著作《压力测试时代的心理健康》中写道，患者一般在自杀前会表现出很多征兆。具体如说出"我想死"，安排好身边事务，酗酒或滥用药物，疏于慢性疾病的治疗，引发交通事故，等等。他的观点都非常实用。

对于那些说"想死"的患者，我们不可以武断地说"反正你就是嘴上说说，不会真的去死"。慢性病和交通事故乍一看似乎与自杀没有关系，但我在对遗属进行采访的时候，发现确实有很多去世的人死前生病了也不去医院，或是发生了交通事故。这种极度缺乏注意力或缺少对自身关心的状态，就类似于想要自取灭亡的心理状态吧。

家属绝对不可以忽视"自杀征兆"。都到这种地步了，不能再假装平安无事。应该要半强制地带患者去医疗机构就诊，或至少让他离开工作场所一段时间。

为防万一我特此说明一下，我并不是想说，本书中介绍的遗属们在处理方式上有所不足。大部分案例中，遗属在采访时都表示"没有办法阻止"。例如，有时当事人前几天还和家人一起哭着互相打气，几个小时后却已经身亡。有些死亡是家人再怎么努力都无法阻止的。

家庭能做的事情是有限的。因过劳死或心理疾病而导致死亡，既不是当事人自己的责任，也不是"家庭的责任"。政府、企业、职场各个层面都应该努力确保不再让生命因此而陨落。

第九章 "零元加班费"将家装推销员逼入绝境

无论工作时间多久,工资也不会增长——许多人都有这样的烦恼。

后藤真司先生(化名)曾是一名家装改造公司的推销员,2011年1月他在埼玉县的家中自杀身亡,时年48岁。他一直在"基本工资中包含85小时加班津贴"这样严苛的条件下进行着长时间的工作。

来自读者的邮件

"第一次给您发邮件，我读了您今天的文章，想起了两年前自杀的丈夫。"

2013年2月的一个早晨，我收到了这样一封邮件。那时我正在报纸上为过劳自杀专题撰写系列报道，讲述了系统工程师、自动售货机饮料运送司机、政府办公室的税务科职员等各行各业的人由于过劳而自杀的事例。读者寄来的信件和电子邮件我都非常认真地一一看过，但这封来自埼玉县后藤夏美女士（化名）的信令我格外印象深刻。我立刻回信给她，约定了在她家里见面。

突然的自杀

后藤家所在的五层公寓楼位于埼玉县东部的一条河边。从大门进入后，先是大儿子和大女儿的房间各一间，走廊尽头有一间客厅和夫妻俩以前住的榻榻米卧室。

铺着6张榻榻米的卧室里设有佛坛，摆放着真司先生的遗照。照片是他35岁左右的时候，和家人一起去露营时拍摄的。真司先生体格健壮，眉毛很浓，看起来英姿勃发，他穿着白色的网球衫笑得非常开心。夏美女士选择了这张照片，说："那个时候他应该是最幸福的。"

遗照旁供奉着铜锣烧和馒头点心。

"我丈夫喜欢吃甜的东西……"夏美女士有点不好意思地告诉我。

真司先生走得非常突然。

2011年1月13日早上6点10分，夏美女士醒来，悄悄走出房间，避免吵醒身旁被窝里熟睡的女儿。那时，夏美女士总是和高中生女儿睡在同一个房间里，为的是不打扰早上4点就起来在卧室工作的真司先生。

那天真司先生应该早已起床，但卧室里没有一点声音。夏美女士有种不祥的预感。

"早上好……"

她小声打着招呼推开卧室的门，却在一瞬间感到如坠冰窟。丈夫身体冰冷，已经晚了一步，但夏美女士还是拨通了119急救电话。她叫醒了女儿和还是大学生的大儿子，告诉他们"绝对不要走出房间"。她不希望让孩子们看到自己见到的场景。

夏美女士再次回到卧室环视四周，看到桌子上放着一张A4大小的白纸。纸上整齐地着写着棱角分明的方块字，是丈夫的熟悉笔迹：

"对不起没能让你幸福。"

"找个优秀的人再婚吧。抱歉。"

夏美女士手足无措地站在倒下的丈夫身边。

公司经营困难

"丈夫发自内心地热爱设计。"

我们在餐桌前相对而坐，夏美女士双手交叉放在桌上，向我回忆起真司先生的半辈子。

出生于北海道的真司先生曾在当地的高等技术专科学校学习建筑，毕业后入职了一家大型住房建筑材料制造企业，长期从事门和窗框的设计。转折点出现在他被调到销售相关部门的时候。2008年4月，偏爱设计业务的真司先生干脆辞职，重新入职了同一领域的一家中小企业。

虽然公司规模变小了，但是真司先生能够再次从事设计工作。到新环境里工作不到一年，真司先生还在高兴的时候，他就遭遇了雷曼事件引发的全球金融风暴的严重打击。

"突然有人告诉我，公司经营不下去了。"2008年12月，真司先生回家说了这个消息。受雷曼事件的影响，银行停止贷款，公司的资金周转一下子恶化。真司先生预见到公司将在不久后破产，只能哭着开始找工作。

经济情况急转直下的时候，求职也变成了一场旷日持久的苦战。很多公司即便邀请真司先生参加面试，也没有录用他。3个月后，真司先生好不容易在主流住房建筑公司A社（化名）找到了工作。

夏美女士清楚地记得，2009年3月6日，A社给真司先生发来了录用通知。那年春天，后藤家高三的儿子和初三的女儿双双处于备考期。再加上真司先生也在找工作，夏美女士每天都觉得很不安稳。

3月6日白天，大儿子被一所有名的私立大学法律系录取。大女儿也早已被一所私立高中录取。"这样就脱离应试的苦海了。"全家人都很高兴，这次轮到真司先生收获好消息了。

为了庆祝一家人都卸下重担，后藤一家去了附近的回转寿司餐厅。那家店比较高档，主要出售每盘300日元、400日元的菜品。

"一切都好啦，你们想吃什么价位的盘子都行！"

真司先生说道，高高兴兴地大口吃起最喜欢的海胆。大儿子也吃了很多金枪鱼鱼腩。

"真好，真好。"一家人都反复说道。

这一天是真司先生最后一次露出真心实意的笑容。

家装推销

"我想利用余生在不断扩张的家装改造市场里奋斗，所以决定换工作。"

真司先生提交给公司的简历中这样写道。经济衰退期间，他很难再找到自己想要从事的设计工作。于是，他选择了家庭装潢改造的工作,觉得这份差事同样与住宅相关,可以用到自己的设计知识。

真司先生被分配到距离自己家约1个小时车程的千叶县分部。工作内容主要是与住宅的主人通过电话沟通约定上门拜访,检查房屋的装修并提供改造建议。

我想先展示一下后藤先生要完成的推销目标。在一份名为"设定客户推销目标"的公司内部文件上,写有如下内容:

"客户推销标准"每月检查　16户以上

每月签约　140万日元/户 ×6份合同≈800万日元

每年检查　16户以上×12个月=192户以上

年度预算　800万日元×12个月=9 600万日元

每月检查16户以上住宅,签订800万日元以上的合同——有了这些标准,真司先生也以此为目标努力推销(其他资料显示,2010年秋季开始,真司先生的销售目标上涨到了1 000万日元。)但是从他入职公司到自杀之间不满两年的时间内,真司先生只有6次完成了销售目标,目标实现率为27%。

千叶县分部改造部门的领导对劳基局的调查作出了回应:"(销售目标)并不是一个硬性指标,我们也不会追究业绩下滑的员工。"

然而,至少当时的真司先生特别担心销售目标无法实现,其证据就是每天工作结束以后写的业务报告。真司先生每月底的日报里写满了歉意:

"由于没有订购大件家具、咨询延期到下个月等原因,本月目标还差1 770万日元未能完成。哪怕我能签下一份合约就可以完成目标,对自己在最后关头的松懈感到非常后悔,很抱歉给分部的各位同事带来麻烦。非常对不起大家。"(2010年7月31日)

"我给分部的预算标准带来了许多不便,深表歉意。我认为没有签订合约的主要原因在于,自己急于完成目标而过于关注数字,缺少沟通,也没有站在客户的角度提出方案。"(同年10月30日)

真司先生去世两周前的日报里写道:

"我对未能实现1 000万日元的目标感到非常抱歉。就像分部经理在晨会上说的那样,我们要在每一个阶段都打起精神。希望可以做出成绩,明年我要转变心态好好努力。"(同年12月28日)

真司先生为了实现销售目标竭尽全力,工作时间变得越来越长。他越来越频繁地深夜回家,清晨就开始工作。后来,夏美女士和律师一起统计了真司先生电脑的登录和注销时间,发现他有段时间30天内加班近100个小时。

"零元加班费"的冲击

问题在于,真司先生这样长时间劳动收获了什么样的回报呢?他去世前8个月,即2010年5月以后的工资明细如下:

	基本工资	职务和业绩津贴	绩效工资	加班津贴	实际发放金额
5月	21万1千日元	6万日元	10万4千日元	(空白)	35万7千日元
6月	21万1千日元	6万日元	1万6千日元	(空白)	26万6千日元
7月	21万1千日元	6万日元	15万5千日元	(空白)	39万9千日元
8月	21万1千日元	6万日元	14万7千日元	(空白)	39万1千日元
9月	21万1千日元	6万日元	2万1千日元	(空白)	26万4千日元
10月	22万1千日元	7万5千日元	1万1千日元	(空白)	27万8千日元
11月	23万1千日元	3万5千日元	13万4千日元	(空白)	36万6千日元
12月	23万1千日元	3万5千日元	12万9千日元	(空白)	43万7千日元

我不禁注意到，"加班津贴"一直都是空白，"绩效工资"则因个人推销业绩而异，有时是1万日元左右，有时是15万日元左右，波动非常大。因此，扣除了个人所得税和保险金的工资"实际发放金额"，即常说的"到手工资"，有时能达到40万日元，但也有才25万日元左右的时候。

明明真司先生每天都在夜以继日地工作，加班工资怎么会是零日元？真司先生去世后，夏美女士看到这份工资单，向公司提起诉讼，要求支付加班费用。按当时的诉讼文件记录，公司方面的主张如下：

"加班（额外）津贴作为标准工资中的一部分，已经支付给员工。"

公司解释说，标准工资（"基本工资"加"绩效工资"等）中包含了35%～40%的每月85小时额外工作津贴。也就是说，员工需每月加班85小时以上，才会收到额外的加班津贴，不然每月加班1小时或者80小时，工资都一个样。

听到这样的解释，夏美女士不能苟同，我也深以为然。

假设我们全盘接受公司的解释。上文的表格中没有提到，但2009年4月入职后的一年内，标准工资只有21万日元的"基本工资"。如果其中四成是加班津贴的话，那真正的基本工资是21万日元×60%＝12.6万日元。要是基本工作时间算作160个小时的话，每小时的工资为12.6万日元÷160小时≈788日元。

"不能以更低的价格雇用员工。"各个都道府县的最低工资各不相同。2009年千叶县的最低工资是728日元，2010年是744日元。把真司先生的工资换算成小时工资后，就和高中生打工兼职的酬劳水平相当。

尽管他是A社的新进员工，但对于一个有20多年工作经验、每月预期销售目标高达800万日元的人来说，这样的条件是否也太过严酷了呢？

对于肩负着家庭重担的真司先生来说，日子必然非常辛苦。

高达数百万日元的债务

不，实际上真司先生的生活岂止是"辛苦"。那段时间，他每天都过得像火烧屁股一样。

其实当时，真司先生瞒着家人背上了负债。

一切都始于他在Ａ社之前工作的那家建材制造企业。公司受到雷曼事件影响破产的时候，未能支付员工的薪水。一下子失去了每月将近40万日元的收入，没有一个家庭能不受影响。不巧的是，后藤家的孩子们都处于备考期，尤其需要用钱。当时情况相当困难，但真司先生没有把坏消息告诉夏美女士，而是自己一个人承担了。他试图用信用卡不断提取现金来渡过难关。

住房贷款、水电煤花费、孩子们的教育费用支出，全都由真司先生负担。夏美女士还是和以前一样每月领取10万日元上下的生活费，没有察觉到丝毫异常。

关于真司先生入职Ａ社后债务金额的变化，在他的遗书当中有如下令人震惊的描述：

"从某某公司（破产的前公司）不支付工资起，进入Ａ社以后工资按照销售额的提成发放，不足的部分我用现金贷款弥补，但已经没法再支付账单了。"

尽管好不容易找到了一份正式的工作，但债务余额却不减反增。没有证据显示，真司先生进入Ａ社以后花钱变得大手大脚。他不过是在只讲绩效的"抽成制度"下，无法收获能够维持生计的工资。真实的情况就是，他穷于应付住房贷款和孩子的教育支出，无法偿还债务，以至于利息不断攀升。

即使工作，即使工作也……

　　　　我工作拼来又拼去　　生活依然如故　唯有凝视双手

　　这是明治时代的诗人石川啄木所写的短歌。我想真司先生当时应该也处于这样的心境中。

　　即使再拼命地工作，没有完成指标工资就不会增长。他的债务情况反而在进入A社以后变得更严重了。就像是身处没有尽头的沼泽，越是挣扎就陷得越深。

　　"今天也没有签成合同。"

　　"那家我也去了，还是失败了。"

　　夫妻俩一起度过的休息日里，真司先生经常在夏美女士耳边小声抱怨。诸如《推销员技巧》《如何与人顺利沟通》之类的书在家里堆积如山。真司先生作为设计师的自尊心好像也受到了伤害，某次和公司前辈一起上门推销，他回家后大发雷霆。

　　"强行推销我是做不来的，明明只要整修确实不好的地方就可以了。"

　　真司先生去世前两个月左右，他在家里的状态发生了变化。他不再关注从小就喜欢的F1方程式赛车。曾经他是一个注重打扮的人，总是自己熨烫衬衫和裤子，现在却一直穿同一件衣服，还毫不在意皱褶。晚上，他经常会一个人盯着天花板发呆。

　　最终，2011年1月13日，真司先生在一心想要守护的家里做了自我了断。

不合理的薪资制度

夏美女士在起诉过程中发现，刚才我提到的A社薪资制度存在缺陷。

"固定加班工资制度"，即预付事先确定的金额作为加班津贴，并不违法。可是这需要满足一些条件，比如明确该支付多少小时的固定加班费，还有如果员工加班时间超过预支则应支付额外的加班费，等等。

除此以外，还必须将正常加班和深夜以及休息日的加班区别对待。《劳动基准法》规定，正常加班（即每天8小时、每周40小时以外的工作）的津贴比例是25%，深夜加班（晚上10点以后）为50%，休息日加班为35%。也就是说，即便加班工作了同样的时间，在深夜和休息日加班的话，津贴数额应当增加。为了避免公司漏付，有必要对加班时间段进行区分。

然而，A社的制度只是草率地规定，"每月85小时的加班津贴包含在基本工资内"，并没有区别对待深夜与休息日的加班。法院（东京地方法院）指出了这一点，判定A社薪资制度中与固定加班津贴相关的那些部分"无效"。

既然固定加班津贴"无效"，那么公司必须在基本工资之外再支付加班工资。判决书责令A社支付总计460万日元的加班费和带有制裁性质的"附加费用"。

固定加班津贴

以下讨论的内容并非个案，而是普遍的一般情况。

"固定加班津贴制度"在过去10多年间已经普遍存在于日本的职场中。为什么呢?

如果正确地应用了这个制度,对公司来说并不十分有利。公司必须支付超出固定额以外的加班津贴,还要分别支付深夜和休息日的劳动费用。

根据我采访至今的经验,我认为公司采用该制度是出于以下两个目的。

① 便于公司不支付加班津贴

如果董事长或领导说"我们公司支付固定金额的加班津贴",想必有许多人都会信以为真。有些公司只有在仔细调查其薪资规定和条例之后,才能知道多少小时的加班工作量包含在固定加班津贴中。

② 基本工资看起来更高便于公司招人

如果我们打开招聘网站浏览,可以看到工作内容之外还有"薪酬"信息介绍栏。在一些公司管理不善的网站上可见,这一栏没有写明基本工资数额,而展示的是包含固定加班津贴的金额。可以说这些公司的目的就是为了使薪资水平看起来比实际更高,以便吸引更多求职者应聘。

我想分享一下大约3年前采访过的一位20多岁男士的案例。

这位男士以应届毕业生的身份参加了某公司的企业说明会,被告知"基本工资为30万日元"。他觉得"可以拿到一份不错的工资",于是选择入职,但之后仔细查看工资单才发现,写着"基本工资15万日元,固定加班津贴15万日元"。而实际上就算每月加班100小时以上,公司也不会支付额外的加班津贴,只能收到15万日元的津贴。可以说这个案例同时体现了公司上述①和②两个目的。

这个固定加班津贴近年来引起了不少问题,厚生劳动省也开始对此采取行动,强烈敦促企业招聘时尽早列出固定加班津贴的明细。我只能许愿,以后这些采用恶劣薪资制度的公司都会消失。

没有加班费的工作方式

这世上有很多人都没办法拿到应得的加班津贴。

那些被迫义务加班的人、被固定加班津贴欺骗了的人就是这样。

那些在"责任制"下可以自由决定工作进度和上班时间的人被预先按照劳资双方商定的"视同工作时间"来计算加班费用。如果把"每天9小时"当作视同工作时间的话,则每天1小时的加班费就已包含在公司支付的工资里。当然,员工实际7个小时完成工作的话,工资也不会减少。可是,即使工作了12个小时,收到的也仍然是9小时的工资。

2000年代,还出现了"有名无实的管理层"问题。有的员工被当作"管理和监督者"对待,却没有被赋予应有的权限和待遇,也没有收到加班费。原本在法律层面上被视为"管理和监督者"的员工,必须满足若干条件,比如与经营者处于同一立场,有权灵活决定上班时间,与普通员工相比薪资待遇更高等。没有满足这些条件的人却成为了有名无实的管理层,同样成了不支付加班费的受害者。

加班费等额外津贴是为了保护劳动者而设的。原则上工作时间应该是"每天8小时",超过这个数字,就会影响到自己的生活和健康。为了阻止经营者命令员工进行长时间劳动,法律规定,额外工作津贴需以高于普通工作情况下的比例来支付。如果纵容恶劣的固定加班津贴或有名无实的管理层等情况存在,那么公司就可以让员工想加班多久就加班多久。这就可能导致过度工作的情况蔓延。

我还担心此类情况会进一步恶化。

2018年夏天,《劳动基准法》进行了修订,导入了名为"高级专业人员制"的新制度。如果员工被纳入这一制度下,那么将不再获得任何的加班或深夜、休息日工作津贴。前面介绍的"责任制"尚且有深夜、休息日工作津贴,管理和监督者也毕竟还能领取深夜工作津贴。而高级专业人员在新制度下却无法领取任何与加班相关的薪资,可以说这对劳动者来说是"最危险的工作方式"。

这个制度的原型已经讨论了10多年,工商界一直在请求国家对其正式认可。虽然过劳死遗属们持续反对"零加班费制度",但该制度最终还是由偏向企业的自民党政权付诸实施。该制度以年收入超过1 075万日元的人为对象,限定在研发、咨询等5个职业领域,但是很难保证有关条件今后不会逐渐放宽,从而把更多的劳动者也覆盖到这个制度下。

工伤认定失败

故事回到真司先生的案件上。

不幸的是，真司先生的自杀没有被认定为工伤事故。

这个案例，考虑到长时间工作和销售目标带来的压力，应该顺理成章地被认定为工伤。然而，船桥劳动基准监督局（千叶）驳回了申请。夏美女士还输掉了不服行政决定的上诉官司，她的愿望未能实现。

最困难的是要偿还数百万日元的债务。

遗书中有关死后的债务清算，为夏美女士作出了详细指示。法院（东京地方法院）非常重视这些指示，认为其死亡是"有还债觉悟的自杀"。要认定员工的自杀属于工伤事故，前提是死者需被确诊患有心理疾病。换言之，需要看到这样的一个过程，即当事人因病无法做出正常的判断，赴死的想法逐渐强烈，最终导致自杀。法庭认为，真司先生计划自杀涉及偿还债务这一合理目的，故不能断言死者因心理疾病而致判断力受损。

这是多么令人沮丧的结论。

遗书中诚然写到了"债务清算"，但这就足以决定一切吗？数百万日元的债务不是一个小数目。须知，孩子们再过几年就能找到工作自立，夏美女士也一直在勤奋工作。如果真司先生头脑冷静的话，本来还有很多可以挽回的机会。而他最终选择自杀，难道不是因为抑郁症之类的心理疾病影响了判断力吗？除了长时间工作带来的疲劳外，真司先生还要面对再怎么努力工资也不会增长的沮丧。很难想象，他在这种情况下不会患上心理疾病。真的可以把他的死亡看作是"有觉悟的自杀"吗？

真司先生是一个有匠人气质的人。他痴迷于设计工作，为了能延续自己热爱的事业，宁愿从大型企业换到中小企业工作。

在雷曼事件的冲击下失业以后，他孤注一掷投身家装行业。在此期间他还经历了公司不发放薪水的挫折，但为了不让家人担心，硬是一个人扛下了重担。

真司先生从未懈怠过一天的工作，也总是在照顾着自己的家人。那段时间，他尽了个人最大的努力，岂料却走进了死胡同里。我在想，会有多少人敢说"如果是我的话，就不会变成这样"？

要是我更强大一些的话……

夏美女士每天都在自怨自责中度过。其实当时，最先被击垮的是夏美女士。真司先生因雷曼事件影响开始重新找工作的时候，夏美女士担心得晚上都无法入睡。能否偿还剩下大约2 000万日元的住房贷款？孩子们的学费能否支付？每当想到这些，她就坐卧难安。夏美女士当时在附近的印刷公司做兼职，丈夫工作不稳定的情况下，自己就不得不更加努力地工作。她越想心情越焦躁，出门上班的时候手都在抖。一旦真司先生回家稍晚一些，夏美女士都会感到惴惴不安。

"今天会回来吧。"

"肯定会回来的吧。"

夏美女士不断发送诸如此类的邮件给丈夫。在真司先生建议下，她前往精神内科就诊，被确诊为患有轻度抑郁症状的"焦虑症"。从那以后，真司先生在找工作的同时，也承担起了精神上支撑夏美女士的任务。

每周六是夏美女士去诊所看病的日子。真司先生总是陪她一起去,在问诊结束后,到隔壁的咖啡馆里一起喝咖啡。

"没事的,你放心。"

真司先生一直这样鼓励着夏美女士。在他的努力下,夏美女士逐渐平静了下来,也能继续兼职的工作。

真司先生可能是回想起了当时的困难,所以即便债务不断增加、工作任务痛苦,他也不让夏美女士担心,只是一个人独自承受。

"我不能和夏美商量,因为她的抑郁症也许会再次发作,有可能自杀。"

遗书中有这样一句话,这句话深深刺痛了夏美女士的心。

自从他们结为夫妻以后,真司先生一向是负责"提供支持的人"。即便出现了顾虑,他也会积极地思考解决方法,对夏美女士说"没关系的"。也许在这段关系中,是她在享受安逸了。

夏美女士回忆起真司先生去世前约一周左右,一家人久违地外出吃饭。当时的真司先生仿佛变了个人,垂头丧气,眼神悲伤。

"那个时候,我要是跟他说'把工作辞了吧'就好了。"

夏美女士一直懊悔不迭。

"但感觉只要我一说这句话,他就会当场瘫倒。已经那么疲惫了,我不想再伤害他。我觉得这句话说不出口,就吞回了自己肚子里。"

夏美女士知道丈夫有作为一家人顶梁柱的自尊。她明白,"把工作辞了"这句话会击垮丈夫的自尊心。

在要求支付加班费用和申请工伤认定的5年法律斗争中,

夏美女士一直在问自己："当初出庭打官司到底对不对？"

"我觉得自己好像不是为了丈夫，而是为了自己才去打官司。会不会原本就是我的错，我还怪罪到了公司头上……"

真司先生的遗书里写道，希望夏美女士"找个优秀的人"，但她一点都不想再婚。她在真司先生去世后开启了新事业，成为了一名倾听志愿者。倾听是指仔细聆听聊天对象的语言并观察其动作，这是一种理解对方想表达内容的咨询技术。拥有这项技能的人活跃在预防自杀的电话咨询中。夏美女士结束了10次研修后，加入了当地自杀遗属聚会，成了一名工作人员。她帮忙在房间里摆放椅子，为参加者分发茶水，倾听遗属们的心声。

她很少说起自己的事，大部分时间都在倾听他人的讲述。

"我没能聆听丈夫的心声。丈夫已经一去不复返，但至少我想成为承受别人痛苦的人。"

> 2018年秋天，真司先生供职的A社有一位高管回应我的采访。高管反省说，"应该花更多时间听取员工的烦恼"；针对问题所在的固定加班津贴制度，高管表示"现在已有大幅改善"。我们之间主要的交流如下：

——我了解到，真司先生的死亡并未被认定为工伤，但我还是认为，长时间劳动和工作压力是导致他死亡的原因。

"他是一位勤奋认真的人，可能会因为工作而烦恼。另外可能在生活中也有烦心事。不管是哪种情况，职场的领导都没有仔细地听取他的烦恼。我们在反省，公司没有创造倾听烦恼的时间。"

——销售目标是不是过于严格了？

"销售目标并不是公司单方面设立的，而是负责销售的员工自主设定的。虽说员工完不成销售目标，公司也不曾过多责备员工，但因为真司先生是一位有责任感的人，所以他对于无法提升销售业绩可能感到非常困扰。"

——在基于固定加班津贴的薪资制度下，基本工资的金额是否太低了？这是否造成了问题？

"我觉得绩效工资在一定程度上补充了总收入，但我们已经根据法院给出的意见，重新审视了薪资制度。经过咨询劳务方面的专家和政府监督部门，我们改善了有问题的制度。现在可能还保留了一些以固定金额支付额外劳动费用的制度，但固定加班的时间设定已经大大缩短。"

——您如何看待后藤真司先生的自杀？

"他的死亡对我个人来说是非常痛苦的经历，我曾多次与他当面交谈。他在接待客户方面做得非常出色，我对他今后的工作发展寄予厚望。尽管已经反复说过，但我真的非常后悔没能找时间倾听他的烦恼。"

专栏六
如果有人对你说"我想死"

　　正如我在上一个专栏中所写,强烈建议患有心理疾病的人毫不犹豫地向他人倾诉。而另一方面,收到"我想死"这类信息的人又该如何回应呢?

　　首先来谈一谈思想准备。精神科医生高桥祥友先生(筑波大学教授)的著作《预防自杀》非常值得参考。我引用其中个人认为尤其重要的两点:

　　① 他们并没有随便找人倾诉

　　高桥医生写道:"当一个人陷入绝境,认为自杀是唯一的解决方法时,他会拼尽全力选择合适的人,最后向其发出求救信号。他会考虑与对方之间的关系,一心想着如果是这个人的话,即便向他透露自己的困扰,也一定会得到认真对待。"许多自杀的人在实际动手前,都会向某个人表露过自己内心的感受。他们并没有随便选择一个吐露心声的对象,而是挑选了特定的人。

　　② 他们在生与死之间剧烈挣扎

　　向他人倾诉"我想死"的人,即使本人有自杀的想法,实际上也是在有意或无意地发出真诚的求救信号："关注一下我吧""帮帮我"。据高桥医生说，"想死的人"也没有100%下定决心，而是还在"想死"和"想活"之间剧烈挣扎。

了解到以上这两点后，无论我们面对多么沉重的话题，也应该打起精神认真聆听。不管怎么样，自己已经被挑选为谈话的对象，而谈话的结果有可能决定这个人是否会留在人世。我们别无选择，只能竭尽所能。

那么，我们究竟应该具体做什么呢？其中一个方法就是"倾听"。在家装改造推销员后藤真司先生的章节中，我也稍有提及。这种方法不仅对遗属有效，而且在接近有"想死"念头的人方面现在也能发挥作用。这方面可参考明治大学教授诸富祥彦先生的著作《初次咨询入门》，以及长期参与倾听志愿者普及活动的铃木绢英先生（非营利法人组织"日本倾听志愿者协会"）编的《一眼看懂倾听志愿》等书。我列举以下几个关键点：

- **让自己进入"倾听模式"**

倾听是指"认真聆听对方说话、体谅对方感受的行为"。不可以边做其他事情边听对方说话，也不能在意聊天时间的长短。应该尽量制造轻松的谈话氛围，认真听取对方的讲述。如果对方讲不到重点或者说话不得要领，我们的心情可能会不耐烦。但是好好想一想，内心压着沉重困扰的人说话不可能流畅。作为听众，不要急于下结论，而要认真听对方讲到最后。在谈话的最后，对方有可能会吐露心声。

• 不说题外话

诸富教授在著作中提到,"在谈话间除了'说什么'以外,同样重要的是'如何在聆听时贴近对方的感受',以及'不要说什么'。"

谈话中的回应保持在最低限度就行,轻易地回之以鼓励的话反而有可能产生反面效果。如果对方说"累得要死",我们不应该回复"不要死,加油啊",理当呼应对方的感受,说"这样啊,你辛苦了"。如果能让对方知道我们感同身受,他们内心也会觉得轻松一些。没有必要害怕沉默。当说不出回应的话时,我们可以在心里整理对方的想法,做好心理准备说一些更重要的话。不要随意插嘴,应当耐心等待。

• 不要试图解决问题

当有人向我们透露困扰的时候,我们往往就会建议他们,"应该这么做""这个问题应当这样考虑",从而把我们自己的结论强加给他们。我们希望用这种回应帮到他们,但也有可能反而会让对方感到不舒服。诸富教授的著作中列举了夫妻之间对话的例子(文本根据需要有所修改)。

妻子:"最近我心情一点都不好……"

丈夫:"那是抑郁症,尽早去看下医生比较好哦。"

丈夫的建议没有错,但是据诸富教授解释,丈夫的反应只是给妻子带来了"情感上错位"的感觉。比起适当的建议,妻子更希望得到身边最亲近的人在感情上的共鸣。

倾听的时候,要把自己的想法放到一旁。即便我们有想说的话,也应该先全面体谅对方的感受。就算有可能觉得对方说的话有错误，也不能马上说"但是"去否定他们的想法。对方如果感到自己"被否定"，就会封闭内心、拒绝交流。

• 不要过分卷入其中

这一点对那些有家人患上心理疾病的人来说尤其需要注意。越是认真地对待对方的痛苦感受，我们作为倾听者的心情也会越发沉重和痛苦。如果我们一整天都在和对方交流，那么自己的内心也会受到伤害。虽然很难做到，但是我们可能有必要在一定时候表现出明确的态度。尽管非常担心家人的情况，可是也要珍重自己的时间和生活，否则可能会随家人一起陷入泥沼之中。

写下这些关键点后，我不禁感叹："倾听真的很难啊。"说实话，我从没做到哪怕一次很好的倾听。倾听的"听"字不仅包含了用"耳朵"听的意思，还有用"眼"观察、用"心"感受的含义。我认为这是一种利用自己的全部感官去理解对方感受的行为。这是一项非常细致、磨人的工作，一项帮助那些挣扎在生死之间的人选择"活下去"的重要工作。

第十章　互相支持的丧亲家庭

　　因过劳和职权霸凌而痛失家人的人们本应放下顾虑互相交流，但实际上这样的空间非常有限，因为他们时不时会受害于社会上的偏见和不解。本书多次提到的"关注全国过劳死问题家族协会"却是建立起这种交流空间的重要团体。本章将介绍九州当地为建立家族协会而奋斗的遗属们。

互相交流的空间

"5年前的6月，我的丈夫去世了。在律师的帮助下，我花费了4年才成功申请到工伤事故认定。现在还剩下向公司索赔这一艰巨的任务……"

一位50多岁的女士抬头看着天花板，慢吞吞地说道。一起围坐在桌边的人们都闭上眼睛，用力点头，其中有些人还哭了。

"我和儿子至今还没有接受丈夫已经去世的事实。我感觉审判没有结束前，我们就没法克服现在的状态，希望我们俩可以保持乐观努力生活。"

当她说完自己的故事准备回到座位上时，周围响起了柔和的掌声。

2017年4月3日晚上，宫崎市的一家当地餐馆包间内，前年成立的"关注东九州过劳死问题家族协会"召开了第一次聚会。"东九州"指位于九州地区东侧的大分、宫崎两县。居住在这一地区的过劳死、职权霸凌死亡事故遗属及支持者共17人会聚在此。

聚会没有固定的主题，举办的目的主要是让遗属们互相认识、彼此交流。参加者轮流发言，但不必通报名字，不想发言的话也可以保持沉默。聚会就在这样松散的规则下举行。

一位穿着深棕色夹克的40多岁男士从椅子上站起来，说话时声音颤抖：

"我觉得他把延迟交货的责任都扛在了自己身上。虽然被认定为工伤，但是公司说单位没有责任，自杀是他自己的错，是他自身素质的问题。这让我感到懊恼和羞愧……"

这位男士的儿子是一名系统工程师，每月加班时间超过170个小时。平时儿子独自生活，但有一天晚上忽然回到了父母家里。他一副若无其事的样子，喝下一杯啤酒后马上睡觉去了。第二天早晨离家以后，他结束了自己的生命。

"我不想责怪一直照顾儿子的同事和领导，也一向这么想的。但是在公司认错之前，我都准备好了要抗争到底。我总是在这两种态度之间挣扎，所以很高兴今天能和大家一起聊聊。"

穿夹克的男士结束话题后，他身旁穿黑色运动衫的男士发话了。

"儿子已经去世了，所以不可以放弃啊！"

等参加者们开始自由交流的时候，我向穿黑色运动衫的男士打听起情况。他今年67岁，30多岁的儿子在4年前自杀身亡，据说原因可能是受到了领导的不公正对待。他和穿夹克的男士是第一次见面，他微笑着告诉我对这次聚会的感想：

"觉得今天来了真好啊。我听着大家来这里分享故事，从讲述的原委和很多其他细节，都能感受到我们的故事是一致的。可能有人觉得儿子自杀前会有征兆，但其实父母也不知道，我们阻止不了。我也打官司了，但是打官司很花钱。真的非常痛苦，这些事都没办法在其他地方跟别人分享。但是在这里，大家都会点头附和'果然如此啊'，我发觉大家的感受都是一样的。"

即便是互相不了解身世的人，也会因为一件事而团结起来、心灵相通，那就是重要的家人因工作而去世。我好像也明白了让遗属们聚集在一起的重要性。

作为局外人的我之所以能参加这次宴会，是受到了协会负责人桐木弘子女士（60岁）的邀请。弘子女士是一位性格豪放的人，总是高声说话，开怀大笑，她的酒量也很好。在3小时左右的聚会期间，弘子女士单手拿着啤酒或者烧酒，环绕桌子听取每一位遗属的话。

"我没有心情品尝美食或出门旅游。只有我一个人开心的话，自己就会有罪恶感。"

最近痛失爱子的女士如是说，眼里饱含泪水。

"我理解您。我也失去儿子将近10年了，还是每一天都在思念他。"

聚会接近尾声的时候，弘子女士向大家致辞：

"各位，我猜大家有时会觉得活着非常痛苦。要是早晨起来就有这种感受的话，希望你能尽量活到中午。如果可以成功撑到中午的话，就努力坚持到晚上。请大家带着这份心情，努力活下去。如果不嫌弃的话，大家随时都可以找我聊一聊。"

这番话引起了当天最热烈的掌声。聚会取得了巨大的成功。弘子女士在掌声中深深鞠躬,我在心里说道:"终于有了一个开始。"

生前是汽车修理工的儿子

在当地建立家族协会,是弘子女士10年前失去儿子后的夙愿。

"厂长,我是个没用的人,真对不起。"

2007年12月,儿子史哲先生在遗书里留下这句话后自杀了,时年23岁。

他选择的自杀地点在宫崎县西部的西米良村山中,靠近熊本县边境。他把车子停在人迹罕至的路边,在车内了结了自己的生命。几天后遗体被人发现,并移送到了附近的警察局。因为车子里的暖气一直开着,所以尸体逐渐腐烂。面对闻讯赶来的弘子女士,警察拦住她说:"母亲还是别看比较好。"但弘子女士还是忍不住去看了儿子最后的模样。

遗体被绿色的床单覆盖到脖子,唯一可以看到的头部发黑肿胀。弘子女士乍一看难以相信这是自己的儿子:"不是的!这不是史哲!"她连连摇头否认。然而再仔细一看,眉毛、眼睛、嘴巴,每一个部位都属于儿子。弘子女士想掀开床单确认儿子身上的痣,却被阻止了:"已经融化得黏糊糊了,不要掀了。"

弘子女士回忆起那时的心情:

"最后想至少给他一个拥抱,却连这点都做不到。伤心、痛苦,那是语言无法表述、超出想象的冲击。"

弘子女士居住的宫崎县川南镇是一个面朝太平洋、约有1.5万人的小镇。因为历史上全国各地的拓荒农民都在此聚集，所以也被称为"川南合众国"。2015年秋天，我来到了这个小镇。到达JR日丰本线的川南站后，弘子女士开车来接我。"这里牛、猪、鸡的数量比人还多。"手握方向盘的弘子女士半开玩笑说道。就像她说的那样，车窗外广阔的田野和农场构成了悠闲美好的田园风光。

当我应邀进入她家里的时候，看到了客厅的佛坛上供奉着史哲先生的遗骨盒。尽管儿子已去世快8年了，弘子女士也不愿意安葬骨灰，一直留在身边。由此可见，弘子女士痛失儿子的深切悲伤。

"我要成为一名汽车修理工。"

就读于宫崎县立佐土原高中的史哲先生某天突然这样宣布，让弘子女士感到惊讶。他似乎是读了某大型汽车制造商创业者的书，被其中表现的挑战精神深深迷住了。

高中毕业后，史哲先生在大阪的专科学校里过着寄宿生活，学习维修汽车的技能。这时的弘子女士非常辛苦。她前年离婚了，独自抚养史哲先生和小女儿。生活虽然艰辛，但她白天做会计的工作，晚上在熟人的餐饮店里帮忙，依靠双份工作想方设法攒出了学费和生活费，因为她想要支持儿子去追逐梦想。仿佛是回应了母亲的愿望，史哲先生在专科学校上学时没缺过一天课，顺利毕业。2004年4月，史哲先生在当地的汽车经销商店里作为维修工开始上班了。

刚入职的时候，史哲先生看起来很开心的样子。下班回家的时候，手上被机油弄得一片黑，指尖布满了小伤口，他贴绷带和创可贴的时候也是一脸自豪的样子。

在被调到宫崎市内的另一家分店后，史哲先生开始流露出痛苦的神色。那是2007年的夏天，在他入职大约3年后。

"不行了，我不想干了。""我不想做什么维修的工作。"

原本性格开朗豪爽的史哲先生，却常常回家后表现得烦躁不安。他会向弘子女士大声发泄心中的积怨。

"工作都强加给我，他们把所有工作都扔给我。气死了！"

弘子女士也不清楚在新的工作环境里发生了什么。开始工作以后，史哲先生就独自生活了。弘子女士换了工作，在一家商务酒店做接待员，基本上每天上班前都会开车花十几分钟，把亲手做的料理送到儿子那里。虽然她尽可能地倾听儿子的抱怨，但按儿子的性格，他也不会把工作中发生的所有事全部告诉她。

即便如此，她也不难从史哲先生的话里猜到，他跟领导和同事相处得不愉快。他工作的第一家店主要由年轻的维修工人组成，氛围一团和气，而调动后的分店里都是资深维修工，史哲先生感到自己备受孤立。2007年11月，他调动后三个月，作为犒劳旅行，一家人前往冲绳旅游。难得出门旅游的史哲先生却在回家以后生气说："你们一直把我当租来汽车的司机。"

还有迹象表明，史哲先生在工作中因为失误受到指责。

去冲绳旅行的同月，弘子女士在史哲先生家里发现了一张标题为"情况说明"的纸。她不了解具体内容，但似乎是要交给厂长的文件，内容是关于发动机部件的维修失误。奇怪的是，弘子女士找到了近10份内容相同的文件，其中签有厂长名字的只有一份。不知道手写这么多份文件是史哲先生自己的想法，还是厂长下达的指示。因为史哲先生不愿意谈论此事，所以真相也就不得而知，但终究有些事情不太对劲。

史哲先生渐渐吃得越来越少了。回家后经常不吃弘子女士做的晚餐，就倒在沙发上埋头睡觉。他以前外表充满男子气概，长相眉清目秀，但逐渐黑眼圈变重，脸颊也消瘦得厉害。弘子女士实在不忍心看到儿子憔悴的样子，对他说："辞职也可以。"那是在2007年12月，距离史哲先生工作调动过去还不到半年。

母子俩最后见面的时候是12月18日。

"辞呈已经提交了吗？"

"没，还没交。"

"不早点提交的话会给公司带来麻烦的。"

弘子女士记得他们有过这番对话。两天后的12月20日，史哲先生开车出门，行踪不明。23日，他的遗体被发现。无法确定准确的死亡时间，猜测"大约是12月21日"。

一段视频

我对弘子女士进行采访期间，看到了史哲先生手机里留下的一段视频，令我大受震撼。

弘子女士说着"我不敢看"，把儿子珍贵的遗物递给我。我按照她的指示找到了存有那段视频的文件夹，按下了播放键。

史哲先生出现在画面中央，这是用手机摄像头对准自己拍摄的一段"自拍视频"。拍摄地点就在史哲先生的车内，车窗外一片漆黑。车里的史哲先生双眼通红，仿佛已经在车里独自哭泣了一会。正当我这么想的时候，一直沉默盯着摄像头的史哲先生用嘶哑的声音小声说道：

"对不起，对不起……"

视频就结束于此，保存时间是"12/20 20∶37"。在去世前，他留下了这条仅有十几秒长的信息。

看到这个视频，我有一些精神恍惚。进行这类采访的时候，我经常可以看到已故者的遗书或信息，手写的文件尤其意义重大。不仅从写作的内容，还能从书写的笔迹、使用的笔和信纸等方面推测出故人的性格和心境。我总是能看到一些深深印在我脑海里的东西。即便如此，我还是第一次见到故人留下的视频。

我的脑海里再次浮现出视频中史哲先生的模样。他的眼睛深处仿佛是空洞，表情呆滞，与遗照上面带笑容的青年简直判若两人。

我想，对于丧亲的遗属来说，这过于痛苦了。

弘子女士应该是觉得视频可以帮助到我的采访，但是我犹豫着不敢问与视频相关的问题。最后我什么也说不出来，低下头把手机还了回去。

一路支持的"前辈"

2015年秋天我到访川南镇的时候，正巧是史哲先生工伤认定官司结束的时候。

史哲先生去世1年几个月后，弘子女士向宫崎劳动基准监督局提出工伤事故认定申请。因为她综合考虑了本人所述和遗书的内容，发现儿子与领导，尤其是"厂长"之间存在人际关系矛盾。不过，还没有具体证据足以证明这一点。宫崎劳基局没有批准工伤申请，即便弘子女士提起行政诉讼，结果也还是一样。她在地方法院和高等法院接连败诉，只得放弃申请工伤认定。2015年9月，距离我去采访大约1个月前，高等法院下达了判决书。

弘子女士之所以会在这个时间点接受我的采访，是因为她开始了一项新的活动，想推动对自己颇为照顾的家族协会在宫崎本地创设分会——这是她在审判斗争过程中内心就有的想法，如今终于付诸行动。我想为此撰写一篇新闻报道，希望能够帮助到她。

"儿子去世后的每一天，都像在地狱里一样。"

开朗、有活力的儿子，曾经是自己精神支柱的儿子竟然先走了一步。弘子女士原想，至少在最后拥抱儿子道一声别，可尸体已经腐烂得惨不忍睹……早晨一睁开眼睛想到"啊啊，史哲已经不在了"，她的泪水就止不住地流。弘子女士一整天都在思念史哲先生，不断对着他的遗骨问："为什么走了呢！"不管到哪里，她都会流眼泪。泪水模糊了视野，甚至因为太危险了，都无法开车。

按照弘子女士当时的精神状态，她随时都有可能步上儿子的后尘。

"我一个人在房间里的时候，就想自己也去找去世的儿子。但是回过神来，眼前出现了儿子的幽灵，对我说：'妈妈，不要这样。'我反问他：'那我该怎么办呢？'他却不回答了。"

尽量活到中午，如果可以成功撑到中午的话，就努力坚持到晚上。

弘子女士对其他遗属们说过的话,也是她无数次鼓励自己的话。

不幸的是,对深陷悲痛中的遗属来说,想要找到心灵的安慰并不容易。因为,和别人交流心情可能会轻松一点,但也有可能反而会受到伤害。

这个社会对过劳死和职权霸凌的问题还是漠不关心。"为什么没有在去世前辞职呢?""是不是本人太懦弱了呢?"可以想象,交流中可能会有这样无情的回应。尤其是面对当事人自杀的案例,人们有时会责怪遗属:"你作为家人为什么没有阻止他死亡呢?"每一位遗属都在自责,为什么自己没能阻止家人走上绝路。他们的内心已经饱受指责,居然还要接受外人带来的伤害和痛苦,对此我无法忍受。

弘子女士也在很长一段时间里独自承受着内心的煎熬,无法向他人倾诉。

而正是"关注全国过劳死问题家族协会"为弘子女士带来了一线光明。

史哲先生去世大约4个月后,弘子女士接触到了家族协会。她在网上搜索"过劳死""自杀"等词条的时候,找到了位于大阪的家族协会。

原来还有这种协会……弘子女士调查了一下本地是否也有同样的协会,却发现别说宫崎了,连九州地区都没有类似的团体。她怀着希望给大阪的协会发送了邮件,马上接到了住在京都的一位遗属寺西笑子女士的电话。

"桐木女士，我也是一名遗属，可以的话我们聊一聊吧？"

1996年，寺西女士的丈夫彰先生在49岁时自杀身亡，他是餐饮店的经理。弘子女士在电话里吐露自己的痛苦感受，寺西女士回应道"这样啊，这样啊"。她们交流了大约20分钟，寺西女士温柔的关西方言深深触动了弘子女士的心扉。

加入大阪的关注过劳死问题家族协会后，弘子女士每年夏天都参加在关西举行的学习交流会。会议上，分散在全国各地的家族协会成员聚集一堂，互相汇报近况，或听取医生和律师讲述过劳死问题的现状。寺西女士担任"关注全国过劳死问题家族协会"的负责人，我也受到她的邀约，出席了交流会。

交流会上，首先由一起开会的所有遗属轮流发言。主持会议的寺西女士那天点名邀请桐木女士第一个发言。

"这位是首次参加会议的桐木女士，感谢你特地从九州赶来。"

在寺西女士的敦促下，弘子女士拿起了麦克风。

这是她第一次在公共场合发言。刚开始弘子女士非常紧张，但她打开话匣子以后，想说的话像洪流一般倾泻而出。其他遗属们专心聆听的样子深深鼓舞着她，即使泪水让她的嗓音几度哽咽，弘子女士还是把儿子的故事讲完了。"加油！""不要输！"的应援声声不断。弘子女士在那一刻觉得自己可以再多活一段时间。

在当地组建家族协会

儿子的工伤事故认定被驳回的那天，弘子女士对同伴们产生了强烈的感激之情。

收到高等法院败诉判决书的当天晚上，弘子女士在客厅里，面对着儿子依旧放在佛坛上的遗骨。

"对不起。我尽力了，但是妈妈只能走到这里。"

自史哲先生去世已过去将近8年，弘子女士取消了自己为养老购买的人寿保险，把钱都用在了工伤认定的官司上，但这些努力终究都付诸东流。自己至今为止到底做了些什么呢？

当感到百般无助和不知所措的时候，她注意到了佛坛上供奉的一瓶清酒。那是住在兵库的一位遗属作为"祈求必胜"的礼物送来的名贵日本酒。弘子女士打开封盖，独自喝起了酒。她想到自己还有经历过相同悲痛的伙伴，心头有了一些安慰。

弘子女士回忆起当时的情景：

"要是没有家族协会的支持，我就不会活到现在。作为一种报恩，我想帮助那些处境相同的人。这是我想做的事。在宫崎一定也有很多失去了亲人的遗属。"

弘子女士坚持组建当地的家族协会还有另一个原因。她觉得史哲先生没能获得工伤认定，有可能是因为"初期行动"慢了一拍，为此感到非常后悔。

申请认定工伤事故并不是向劳基局提交文件就结束了。当然，劳基局受理申请后会向公司索取勤务记录，或与领导和同事当面交流。然而，有的案件存在一些并未记录在案的义务加班，或者，遇到领导隐瞒职权霸凌的情况时，仅靠监督官的调查无法了解案件真相。为了揭露真相，遗属或其代理人会与律师联手，自行搜集证据。例如，从遗物中的手账本里寻找义务加班的行迹，通过与每一位同事的电话沟通取得职权霸凌的证词，等等。这种消磨身心的任务，不得不由已经受到重创的遗属自己完成。

调查如果距离死亡时间越远就越困难。比如，销售日报之类的记录可能随着时间的推移会被丢弃。同事们的记忆也会慢慢淡化，有的公司还会下达禁令，禁止员工不必要的发言。

弘子女士的案例，直到过了大约半年后才开始正式调查。史哲先生刚去世时，不少同事还表示过同情，但在调查开始时，他们顾及公司的意图，选择闭口不言。弘子女士讲述道：

"还沉浸在悲痛中的时候就要去申请工伤，忙着收集证据，真的会非常辛苦。有人可能会感到愤怒，失去家人的遗属还要被迫做这些事，但现实就是这样。这样看来，我们需要有一些人至少陪伴在遗属身边，为他们提供建议，这就轮到有同样经历的遗属出场了。一般人完全不了解的细节，比如想要了解确切的劳动时间，就需要向公司索要当事人的工作电脑，检查用户登录和注销的时间；或者，在向领导询问有关职权霸凌情况的时候，必须用录音笔记录，以防对方改变发言内容，等等。我想把这些知识都传授给他们，这样他们就不会像我一样体会到遗憾和失望。"

遗属们的 25 年

我想再多花一些笔墨来介绍家族协会。

1990 年代初的时候，家族协会展开了全国范围内的活动，如今已过去近 30 年。及至 2018 年秋天，他们在日本全国共建立了

17个团体组织，约有350位遗属加入其中。协会不但在东京、名古屋、大阪等大城市开展活动，还在山阴和四国也组建了分会，影响力不断扩张到二三线城市。我每天进行过劳死报道的时候，常常会为家族协会团结力之强大而感到惊讶。每当我去旁听遗属庭审的时候，必定会在现场遇到其他协会成员。他们通过群发邮件，共享同伴们的庭审日程，能参加的人都会出席。庭审对遗属来说是一个紧张的时刻，在现场听律师和法官用专业术语辩论，有时自己也要出庭作证。如果此时旁听席上有自己的同伴，遗属也会感到心里踏实、情绪稳定。协会的成员正是期待着能起到这样的作用，所以才会从工作或家务中抽出时间去参加同伴的庭审。宣布判决结果的那天更是如此。如果同伴胜诉，他们就像是自己取得了胜利那样感到喜悦，要是败诉了，他们会陪伴在失落的遗属身边一起伤心落泪。我切实感受到了拥有同样境遇的人们彼此间有着深深的牵挂。

我还要介绍一下，这个组织也致力于消除社会上的过度劳动现象。

我已经提到过，家族协会为了推动2014年《预防过劳死等问题对策推进法》出台，作出过很多努力，举办过座谈会和研讨会以及多次演讲。本章中提到的寺西女士等核心成员在全国各地奔波，以至于令人担心，她们自己是否也会过劳。协会不仅是遗属们"一起哭泣的地方"，也可以说是大家"共同战斗的地方"。

然而，每当看到家族协会活跃的样子，我却感到非常难过。协会成员增长、活动增多，代表着因过劳或职权霸凌而死亡的人完全没有减少，反而变多了。30年前成立的家族协会，原本到今天应该已经结束了自己的使命。但很遗憾,我们的社会却朝着相反的方向在发展。

无法治愈的悲伤之中

话题回到弘子女士身上。

2017年4月在本地餐馆举办首次聚会后第二天,我和弘子女士一起在宫崎市内的咖啡馆里喝茶。天气暖洋洋的,从日向滩吹来的海风令人心旷神怡。第一次聚会取得成功,弘子女士松了一口气。她单手拿着一杯奶茶,对我讲述今后的计划。

她希望以后定期举行聚会,也想声援推进成员们的工伤申请或庭审案件。未来既要帮助遗属,也要考虑是否采取了措施预防过劳死的发生。为了扩大活动影响,重中之重就是必须增加成员。弘子女士用家族协会的名义公布了一个手机号,全天待命接受遗属们的咨询。在她的努力下,由4个家庭开始的聚会,半年内就发展到了10个家庭的规模。

即便弘子女士表现得积极向上,她的内心深处也仍然有失去儿子的悲伤在涌动。她很难压抑这份感情。

例如,我们结束了在咖啡馆的采访后,弘子女士开车把我送到JR车站的时候,她握着方向盘看着前方,喃喃说道:

"从他去世的那一刻起,我的心里一直有一个空洞。10年过去了也还是一样。我这一生再也不会感到幸福快乐了。"

弘子女士想要看电视节目的时候,必定先预约录制节目再回放,跳过广告后才播放节目。否则,她会在广告里看到史哲先生参与维修的汽车制造商。

2016年冬天，史哲先生的妹妹佐季女士（化名）喜得一名男婴，但这也没能让弘子女士高兴起来。男婴的出生日期是12月21日，正是史哲先生的忌日。她期待已久的第一个外孙与史哲先生神奇地相似。他们刚出生时的体重也差不多，喝母乳后经常呕吐的样子也一样。住在附近的佐季女士拜托弘子女士帮忙照顾孩子的时候，弘子女士就忍不住想起史哲先生还是婴儿时的样子。她说外孙固然非常可爱，但是她发现自己的时间已经凝固，自己一个人还站在原地。

我在车站下了车，乘上了开往宫崎机场的列车。在飞往羽田机场的飞机上，我想起了一本书里的话：

"当你失去爱人，你就失去了本应与之生活的现在；

当你失去父母，你就失去了过去；

当你失去朋友，你就失去了自己的一部分。"

这是一本收集了与珍爱之人生离死别故事的著作中所写的话，书名为《当我们失去挚爱亲人》（E. A.格罗曼著，日野原重明校，松田敬一译）。那么，当父母失去孩子的时候失去了什么呢？书中这样写道：

"当父母失去孩子，他们就失去了人生的希望。"

弘子女士就是如此。健康外孙的诞生无疑可喜可贺，但她失去了深爱的儿子，几乎没有继续生活的希望。那么如今还有什么可以让弘子女士留在这世上呢？不是她的丈夫、女儿或者外孙，而是史哲先生的存在影响更大。弘子女士在本地组建家族协会,支持同样遭受痛苦的遗属,旨在创造一个没有过劳死的社会。我想这一切行为都是为了已经离开的史哲先生吧。弘子女士说:"我想要跟着他去的时候,被他的幽灵阻止了。"我觉得这不是她的错觉。

史哲先生最后留下的信息再次浮现在我的脑海里:

对不起,对不起……

他去世前是在对某个人道歉。对谁道歉,为了什么道歉?虽然现在已经无法确认答案,但我认为是在向弘子女士道歉。母亲抚养他走上社会,一直照顾着他。我相信,史哲先生结束生命之前,最在乎的人还是自己的母亲。

> 史哲先生就职的汽车销售公司负责人发表的评论:

"我们对员工的过世感到非常遗憾。与本案无关,我们一直都在努力创建一个能让每一位员工感到有意义的工作环境。"

第十一章　上司的训斥深深伤害了县政公务员的心

　　"你究竟能做什么样的工作""不要光嘴上说抱歉""我就直说了吧,你的性格做不了这份工作"……在你的职场里会听到这些话吗?就职于岐阜县政府部门的远山贤治先生(化名)遭到上司训斥后自杀身亡。他是一位30岁出头、正值壮年的县政府工作人员,从他的死亡中我们可以看到职权霸凌的可怕之处。

抛下怀有身孕的妻子

　　这将是一次沉重的取材……

　　2017年11月的某一天，我一大早乘坐东海道新干线离开了东京站。尽管这一次是自己申请进行的采访，但我的心情却有一些失落。我在阅读事先收集的资料时，心情怎么都开朗不起来。

　　——远山贤治先生，年龄30多岁，是土生土长的岐阜县人。大学毕业后他先进入一家私企工作，但因为放不下"想要建设城镇"的儿时梦想，工作两年不到就离职了。2000年代中期，他在岐阜县政府部门重新找了一份工作，之后顺利地作为公务员开启了自己的事业。然而在2012年春天，他迎来了工作调动，被调去负责维修某大型设施，此后他就饱受上司的职权霸凌。2013年1月，距离工作调动不到一年，他在家里自尽了。第二年的2014年9月，他的死亡被认定为属于公务员工伤的"公务伤害"。在遗属起诉县政府的审判中，法院判决县政府承担责任，向遗属支付9 600万日元后达成和解。那时距离贤治先生自杀已经过去3年，是2016年的1月。

尤其令我感到心情沉重的是，贤治先生去世时，他的妻子爱女士（化名）腹中还怀着一个孩子。

小两口在贤治先生自杀前年才刚刚结婚。贤治先生都没有看一眼期盼已久的孩子便离开了人世，我一想到他当时的心境就很难保持平静。

我通过邮件向爱女士申请采访。她答应了会面，但是在回信中写道："我依旧不能接受现实，其实我只想默默熬过这段时间。"还写下："明年1月时，丈夫去世就5年了。在周围人的支持下，我一个人竭尽全力抚养孩子。"每当我重读邮件的时候，都会在心里叹息，自己去采访的行为也许是在遗属的伤口上撒盐。

话虽如此，我也不可能不去采访。要是我不对职权霸凌的实际情况进行报道，同样的错误还会反复出现。爱女士一定也是意识到了报道的意义，所以才同意接受我的采访，即便内心"其实只想默默熬过这段时间"。深陷悲痛的遗属愿意强迫自己协助我完成报道，我唯一能做的就是牢牢记住他们的情分，真诚聆听他们的故事。就是带着这种心情，我前往约定的采访地点岐阜县政府大楼。

妻子的笔记

"丈夫是个非常认真的人，不管对谁都很和善。我想恐怕没有人会说他的坏话。"

爱女士在岐阜县政府大楼二楼的工会会议室里告诉我。贤治先生身高大约170厘米，体重75公斤左右，不管性格还是外表都是非常温和的人。爱女士继续说道：

"他只有一次对我大声说话了，那时说完三秒以后就道歉说'对不起哦'。"

爱女士是一位神情利落的人，从她眼里可以看出与沉稳的贤治先生之间的关联。

采访过程中，爱女士的脸上从未出现过笑容。不过，坐在她身旁的中年男士表情温和地予以回应，还是塑造出了一种自在舒适的氛围，尽管工会的会议室里只有长桌和折叠椅。

这位男士是内记淳司先生，担任岐阜县工会主席一职。自贤治先生去世以来，他一直在帮助爱女士等遗属。内记先生在事发几年前曾经和贤治先生在同一部门共事，对贤治先生诚实的个性颇有好感。他一听说这个不幸的消息，就马上打电话给爱女士，可是爱女士无法相信县政府部门的任何人。然而，内记先生多次电话沟通后与她建立起了信赖关系，之后也一直协助她做庭审材料准备等工作。那天也是考虑到爱女士独自面对采访可能会有些困难，内记先生就陪同出席了。

下文记录的采访结果几乎都是内记先生代为转述的。

前文曾提到过，贤治先生身心健康受损是在2012年春天工作调动后发生的。特别是从那年夏天起，他整个人急剧憔悴，于是，爱女士在担心之中，把贤治先生每天回家后说的话都记录在手帐本上。

"每天都被骂不知道到底该怎么做才对。3：00"

"我搞不懂,做事太慢跟不上节奏被骂了。2:00?"

"对什么事都没有自信了。"

"不管做什么都不行,做事太慢,一事无成。"

"又被说'什么都没做,干嘛给你发工资'。"

"不想上班被骂了。0:30。"

内记先生给我看手帐复印件的时候,我感到一阵揪心。在手帐本上每一天的小方格里,爱女士用短句写下那天丈夫说的话。偶尔出现在手帐本上的"3:00""0:30"等数字代表的是当天的回家时间。我看到手帐中的这几条记录,夫妻俩之间的相处情景似乎就浮现在了我眼前。

深夜回家的贤治先生边换下西装,或者边吃着夜宵,就抱怨起工作。作为听众的爱女士想必也因为第一次怀孕,所以没有什么空闲时间。她只能在听到的怨言中,挑出一些引起自己注意的话记在手帐上。她在睡梦中还挂念着肚子里的孩子,担心着丈夫……

内部调查揭露的真相

因为夫妻之间会这样分享烦恼,所以爱女士很清楚丈夫自杀的原因来自他的职场。爱女士和家人商量后,立刻要求县政府开展情况调查。接到请求的县政府总务部随即对贤治先生的上司和同事们展开调查。

贤治先生工作的部门由4位男士组成:45岁多的A主任,40岁出头的B主管,以及包含贤治先生在内的两名资深员工,另一位资深员工C先生与贤治先生年龄相仿。我在此把部门名称和工作内容都写得很模糊，是因为遗属不希望有人因此被认出来，这点还请理解。

　　县政府总务部门主要以这几个人为中心进行了问话。结果，收集到的证词确实印证了爱女士手帐本的记录。接受问话的是另一位资深员工C先生，我引用总务部门报告书中他的证词如下：

　　"每天都会受到严厉的训斥，训斥的频率很高。一周内没有哪一天是不发火的，有时候一天就训人两三次。所有的责骂都是针对远山先生的，没有针对我。我印象里大概在12月上旬的时候，训斥的情况逐渐增加，达到顶峰。我听远山先生说，4月份的时候上司还会友好地指导工作，但从夏天开始就变得非常严厉。这些斥责的话都是我工作到现在从来没有听到过的（省略），我在旁边听到这些话都变得食欲不振，工作调动一个月里就瘦了5公斤。要是上司用那种态度对我下达那种指示，我也会受不了的。"

　　严厉斥责贤治先生的人是主管B先生。报告书中依据C先生的描述，列举了贤治先生受到训斥的具体内容：

　　"我就直说了吧，你的性格胜任不了这份差事，你完成不了的话只能我来做。你好好想想，自己完成不了工作给我们部门带来了多大的麻烦。"

　　"你究竟能做什么样的工作啊？"

　　"你尽管去人事部门说受到职权霸凌威胁好了，我一点都不在乎。"

　　"你就准备这样啥都不做等着被调走吗？不要以为这样就能拿到工资。"

"一定要我到1月份的时候退回来吗？要是完不成的话，你现在就告诉我说做不了。难道要我每个休息日都加班干活吗？"

读完报告书后，我向C先生表达了谢意："感谢您告诉我这么多。"如果他把真相全盘托出，一定会在县政府内引起轩然大波。讲出真相的C先生也有可能处于不利的地位，在这种情况下他还做出了检举职权霸凌的行为，确实勇气可嘉。

报告书中更加引人瞩目的，还有针对B先生的调查结果。B先生似乎对C先生列举出来的每一句话都有异议，但他大体上还是承认了训斥贤治先生的事实。B先生面对调查如此回应道：

"我觉得（训斥）应该是每周有几次，这都是对远山先生每天提交的文件和业务处理情况不断作出指示的结果。我每项业务的指示涉及文件内的错别字和计算错误、单纯的粗心或疲劳导致的效率低下等问题，还有无法处理业务本身的情况，如果都由我或者C先生代劳的话，他本人就完全不参与部门的工作了。没有证据显示，我对他进行了超出工作范围必要性的长时间训斥。"

简而言之，B先生辩称自己的行为正当合理。按照他的说法，贤治先生也未免太可怜了。我对B先生产生了强烈的反感。

内记先生为我冷静分析了当时的情况。

"在那种特殊的情况下，显然是发生了严重的职权霸凌事件。"

根据内记先生所说，委托该部门负责的大型设施维修工作，是县知事古田肇参与组建的项目，2011年起就成立了专门的团队。因为预算的关系，要求2013年启动项目工程，需要马上制订维修计划。然而，岐阜县计划在2012年举办国民运动会，也不得不为运动会筹划调配人手。于是，维修设备的项目就只能由少数精锐员工承担。

"不管是A主任还是B主管，他们都是县政府'工作能力优异'的员工。尤其是B主管，被大家公认为王牌。他已经在县里的中央决策部门工作了很长时间，大家都打包票说他将来必定身居高位。"

2012年4月，贤治先生在项目进行到中途时加入了这支特别的团队。虽然贤治先生在工作上的声誉也不错，但与两位上司相比无疑还缺少经验。

"远山君在以前的工作岗位上广受好评，同事们都说他重视人际交往，做事从容不迫，踏实可靠。然而，在工作速度高于一切的新团队里，他可能没有发挥出自己的工作长处……"内记先生作为工会的代表，对没能保护好自己的同伴怀有强烈的负疚感。他紧锁眉头，对我说道："B主管的言行是绝对不能原谅的，但我觉得，正因为B主管是争分夺秒完成项目过程中不可缺少的重要力量，所以A主任也没有制止他的所作所为。"

密室状态的职场

贤治先生的工作环境是什么样的呢？

我结束了与爱女士和内记先生的采访后，乘坐电梯前往县政府大楼的九层，因为我听说他们曾经的办公场所就在那里。

那天是工作日白天，上班的员工们在办公楼里四处走动。

我站在提前打听到的房间门前，看到门口有一块写着"会议室"的牌子。我到访的时候，室内空无一人。

这里环境很不好，我立刻明白了。

一说到县政府大楼，很多人应该会想到的工作环境是若干个部门分散在没有隔断的大平层里。岐阜县政府的办公环境布局基本也像那样，但是贤治先生所在的团队却不一样。他们的小房间约有10张榻榻米大小，其他部门从外面看不到房间内的样子。

在这个被墙壁封锁的狭窄空间里，当时摆放着主任等四人的办公桌。贤治先生和C先生在房间入口处相对而坐，紧接着他们的侧面，就是B主管的桌子。

我站在房间门口，想象着当时的情景。

"你究竟能做什么样的工作啊？"

"不要光说对不起。"

在这么狭窄的办公空间里，被邻座的上司劈头盖脸痛骂，换作是我应该也忍受不了……

伤心难安的遗属

乘坐新干线返回的路上，我回想起当天的采访结果。爱女士失去深爱的丈夫后的悲痛，深深印刻在我的心里。

他们两人相识于2011年3月，在一次朋友的晚餐聚会上坐到一起。见面两三次后，爱女士被贤治先生所吸引，觉得他非常友善，相处起来很舒服。

"我们聊起孩子的话题时，我被他的善良深深打动了。我患有慢性疾病，医生说过'很难怀上孩子'。那时我也把这件事告诉了贤治，他应该是很喜欢小孩子的，却对我说：'我并不是因为想要小孩才想和你结婚的。只要你能在我身边，我就很幸福了。希望你能以结婚为前提跟我交往。'那一刻我就想，我愿意嫁给这个人。"

2012年夏天，两人举办了结婚典礼。幸运的是，原本已经放弃要孩子的爱女士怀孕了，贤治先生自然是高兴得手舞足蹈。即便工作上依旧很辛苦，他还是在回家后和妻子肚子里的宝宝说话，帮忙买东西，打扫卫生。这一年秋天贤治先生提交的申告书里，体现了他对于平衡工作与生活的意识。

——您在今后的工作中会特别重视什么？

"我作为县政府的员工会牢记为县民服务的初衷，但身为家庭中的一员，我也不希望为了工作而牺牲自己的家庭。"

贤治先生越来越有身为父亲的自觉，但就在再等几个月就能见到孩子的时候，他却离开了这个世界。工作的痛苦是如此难熬，以至于他无法忍受等到期待已久的那一刻。

我觉得这个案例中，家人想要预防自杀也非常困难。爱女士作为家人已经做到了力所能及的一切。

爱女士每天晚上都等着深夜回家的贤治先生，听他抱怨工作，尽量为他出主意远离职场的煎熬。

"要不要辞职？""或者请假吧？""要么至少申请一下调动吧？"

但爱女士没能说动贤治先生。

"因为喜欢才做这份工作的,我不想辞职。"

"要是休息一段时间,之后再回来就难了。"

"我不想在没有全力以赴的状态下转到其他岗位。"

尽管贤治先生一直在抱怨,但他从来没有怪罪过自己的上司。爱女士对他说"要是骂得太过分了你就顶回去",贤治先生却摇了摇头说:"都是我的错,也没办法。"2012年秋天的时候,贤治先生开始失眠,爱女士担心他得抑郁症,就劝他去看看医生,但贤治先生说"没事,我很好",没有去医院就诊。

因为事件被认定为公务伤害,所以妻子能收到一定金额的补偿。之前写过,判决和解的金额是9 600万日元。9 600万日元,确实是一笔很大的数目。但是真的会有遗属收到钱以后,觉得获得了充分的补偿吗?

庭审判决和解后,县政府也对相关人员下达了处分。A主任和B主管受到纪律处分,减薪10%,为期3个月。古田县知事也受到责任处分,减薪10%,为期1个月。

减薪10%,然而,贤治先生作为受害者失去了自己的性命。虽然我理解严罚相关人员并不是悼念死者的唯一方式,但这样的处罚难道就相称了吗?

在法院达成和解的那天,爱女士面对媒体发表了以下言论:

"尽管今天达成了和解,但我既没有感到宽慰也没有觉得高兴。即便和解了,我的丈夫也回不来了,我们平凡的幸福生活也回不来了。这份悲伤和痛苦,将永远伴随我今后活着的每一天。我希望大家可以记住,随口说的话也能夺走别人的生命。如果你觉得自己的下属不能完成工作,我希望你可以想想为什么他完不成。他可能像我丈夫一样患有精神疾病。也请周围的其他人注意提供一些帮助，不要置身事外。"

"加害者"的理由

距离我在县政府的采访过去约3个月后，我又一次来到了岐阜县，为了与训斥贤治先生的B主管见面。我想从他本人的口中听到，他对于贤治先生的事件有何感受。

下午6点，我到达约定的岐阜县某车站时，B先生已经在等我了。

我首先为他身穿蓝色的工作服而感到惊讶。

"简而言之，我被降级了。"B先生苦笑道。

贤治先生去世后，B先生被调到负责管理县内道路的部门。他需要经常去道路现场巡视，常常穿着工作服。对于事业道路长期处于县政府核心部门的B先生来说，这应该不是他理想的岗位。

"感谢您还专门过来一趟。"

我们在没有其他客人的咖啡馆里点了两人份的热咖啡，B先生首先对远道而来的我表达了慰问。因为他是县政府首屈一指的能人，还是职权霸凌事件的"加害者"，我必须坦白，赴约的时候我先入为主地对他有很大偏见。我甚至都考虑到了，面对他咄咄逼人的态度该如何对抗。然而，是我多虑了。在小桌对面坐着的B先生，是一位冷静稳重的男士。

但我注意到，他的眼睛里充满疲惫。

"我的责任在于,作为上司没能引导他做好工作。"

寒暄几句后,我向 B 先生询问贤治先生去世前的情况,B 先生便开始为我讲述。把他的话整合在一起,可以概括为:"我训斥他有我的理由。"

按照 B 先生的说明,贤治先生最初负责接听电话和完成会议纪要等工作。B 先生的计划是,从简单的任务做起,让贤治先生慢慢熟悉工作,但贤治先生往往不能按要求完成任务。

"他这样要是只给我带来不便也就算了,但是如果涉及设计师和其他人的话,就不是一句'下次要好好努力'能解决的了。您也知道,项目动工前,我们的工作安排都很紧张。一般三年完成的项目,我们需要两年做完。不仅仅我们,承包商们也在日夜不停地干活。给他们造成麻烦是我无法容忍的。"

可能是回忆起了当时的经历,B 先生的眼里闪过一丝恼怒。平时他是一个冷静的人,但一说到工作,他似乎就情绪激动起来。

"我对他也不是一调过来就开始指责的。他在工作上出现了两三次连续错误,而且是在日程紧迫、抽不开身的情况下。文件内容上,都必须要保证准确无误。"

我听完后内心充满无奈。

B 先生在讲述途中好几次提到:"我对他和他的家人感到非常抱歉……"无疑,他对贤治先生死亡的"结果"感到责任重大。可是,如果说起他的责任到底在哪里,B 先生却不能明确回答出来。

"我确实大声喧哗了,态度可能有些霸道。但没有要惩戒他的意思。"

B先生如是说道。然而,最重要的是被害人的感受。不断说出令一旁听见指责的同事都感到"丧失食欲"的训话,即便没有加害之心,也不能原谅。在我们采访的两个小时中,我没有看到B先生表现出反思的姿态,他没有反思,自己说的话对贤治先生的内心造成了什么样的伤害。

谈话过程中,我问B先生怎么看待"职权霸凌"。比如,在家电销售网点,为了完成销售指标,上司是否就可以严厉斥责员工?

B先生稍作思考后回答:

"这样啊……为了完成分配给本人的最低要求,也就是说在与顾客做生意的时候,为了维持必要的水平,从而不给顾客添麻烦,那我觉得某种程度上要斥责员工也是没有办法的。要说我不知反省的话,也就是这样了……"

我喝完已经冰冷的咖啡离开咖啡馆后,看到隆冬季节里天上繁星点点。

我认为B先生已经落入了"工作至上主义"的陷阱。即便事出有因,即便贤治先生像B先生说的那样不停出错,也不能认为大声斥骂的行为就正当合理。B先生可能误解了"对工作的评价"和"对人的评价"二者的区别。

我注意到B先生说的这些话。

"最让我后悔的,是工作上有往来的人们误解我,说'你在我们面前装出一副好面孔,其实利用职务骚扰下属,强迫他们工作'。现实中,工作明明都是我在做,他们这样曲解,我有点受不了。"

　　我心里觉得，这些事根本无所谓吧，但B先生却非常在意。他对工作的执念似乎成了一把利刃，伤害了自己的下属。

　　我听说，贤治先生在之前的职场声誉良好。鉴于这一点，他在新团队里频繁出错，可能是因为完美主义的B先生斤斤计较，导致他不能充分发挥能力。例如，B先生会由于下属没有及时汇报问题而发火。而下属即便知道需要汇报，但面对怒火中烧的上司，也觉得很难再开口。社会上有很多人都是这样的。

没有"恶人"的可怕

　　虽然B先生的言行无可原谅，但我们也不能忘记他本人也承受着工作带来的压力，工程的期限一直压在他身上。据本人所说，他每个工作日基本上都在晚上9点以后才离开县政府，有时10点或11点才离开，周末和年末休假的时候也在不停工作。B先生自己的工作方式也堪称接近过劳死红线，在此期间，他对贤治先生的行为也在不断升级。

　　这个事件要是仅仅以"上司有错"来评判就不对了，B先生至少在平时是一位冷静的人。工会的内记先生也说："虽然我听说他有时说话太过黑白分明，但在之前的岗位上，他的人缘据大家评价还是不错的。"如果项目团队的工作安排没有那么紧张，又或者能给团队多配备几个员工的话，可能B先生也不至于成为严重职权霸凌事件的加害者。

　　社会上发生的许多职权霸凌事件都是很难挽救的。假如有人威胁说"我要杀了你"，或者动手打人、要用气枪打人……这样的事件一定会作为刑事案件受到严厉惩罚。可是，发生在岐阜县政府的事件不属于此类，而这恰恰是贤治先生事件的可怕之处。

不可以做出伤害对方人格的言行，这是连小孩子都懂的常识，一旦进入到"职场"环境，却又很容易被忽视，不是吗？"为了做好工作""为了公司的业绩"，在这些冠冕堂皇的理由之下，是否忽略了更重要的东西呢？

扪心自问，我也曾在工作中对后辈恶言相向。尽管我现在深感后悔，但现在装模作样发表长篇大论的我也是加害者中的一员。参与工作的每一个人都有可能成为职权霸凌事件中的加害者或受害者，我们必须牢记这一点。

遗书

贤治先生去世一段时间后，爱女士在遗物的西装内侧袋里找到了一个驼色的卡包，是她圣诞节或者生日的时候送给贤治先生的礼物。爱女士检查卡包内容的时候，发现一张叠得很小的A4纸放在里面。那是贤治先生的遗书：

"我也想过要为了爱和未出生的孩子努力，但实在是力不从心了。大家都给我加油鼓劲，可我还是一直在发牢骚，觉得好难为情。真的对不起。和你在一起的时候心里觉得特别安稳，我总是情不自禁地想起你的模样。无论遇到什么样的困难，和你在一起的时光都像是我心中的绿洲。谢谢你愿意嫁给我这样的人。我特别幸福。"

爱女士肚子里的孩子后来健康出生了。等他长到能记事的年龄,会哭丧着脸问:"为什么我们家没有爸爸?"每当这时,爱女士就无言以对。

最近爱女士在烦恼,自己是不是对孩子管教过于严格。自己精神不太稳定的时候,会因为琐碎的小事而用强硬的口吻责骂孩子。她不希望被别人说"因为这孩子没有爸爸",所以爱女士更加严格地管教孩子。

"如果父母双方都在的话,孩子受到其中一方的责骂,还可以躲到另一方怀里,可这个孩子失去了父亲,所以无处可躲。这个孩子没有做错任何事,却失去了重要的爸爸。我很担心,等他长大成人知道真相的时候会如何接受。"

> 关于员工的自杀,岐阜县人事科的负责人说:"**我们感到责任重大。**"县政府在管理上存在以下三大责任:长期委派困难的任务给缺乏经验的员工,致其长时间加班;员工被迫在狭小的独立办公室工作,承受精神上的负担;上司的指导意见不恰当。远山先生去世后第二年的2014年4月,县政府首次制作了面向员工的《预防职权霸凌指导方针》。文件中明确指出,职权霸凌的加害者会受到严惩。负责人表示:"我们会采取多种措施,减少今后员工的加班时间,同时会面向管理层开展预防职权霸凌培训等。"

> 据岐阜县政府的消息,B先生受到降薪处分后,向县人事委员会提出了申诉。

专栏七
职权霸凌的对策：受害者与加害者都需要

首先来说，如果自己受到职权霸凌的伤害，该怎么办？

可能会很难结束与对方之间的一对一关系。如果受害情况严重，最好是找到能帮自己解决问题的人去沟通。在公司内的话，就找同事、加害者的上司或者工会。公司外，则可以找自己的家人、朋友、律师。总之找谁都可以，关键在于不要自己独自忍耐。

沟通的时候，要清楚地描述自己的受害状况。如果因辱骂和斥责而感到困扰的话，最好用录音笔记录下实际说过的话。为了保护自己，偷偷地录音也可以。如果很难做到这些，那就把加害者的言行记录下来。不要零星记在纸上，最好用一本笔记本。重点在于要尽量清楚地记录职权霸凌发生的时间和地点、事发前后经过，以及其他在场人员等信息。这些内容不仅在与别人交流的时候有用，在与加害者沟通的时候也有效。当对方说"我没有进行职权霸凌"否定事实的时候，这些内容可以作为确凿的证据。

应该也有很多人不知道自己所遭受的是否就是职权霸凌。作为参考，我介绍一下厚生劳动省专家小组制定的骚扰分类（参考下表）。

【职权霸凌的六种类型】

身体上的攻击	暴行、伤害
精神上的攻击	胁迫、侮辱、严重的辱骂
人际关系脱节	隔离、排挤、无视
要求过高	强制员工完成业务上不需要或不可能完成的任务
要求过低	安排员工完成与能力和经验不相符的工作
侵害隐私	过度干涉员工私人事务

*根据厚生劳动省专家小组的报告制成。

　　具体解释的话，用文件打人的行为构成"身体上的攻击"，而"精神上的攻击"不仅包括口头上的侮辱，还包括以邮件形式发送的谩骂。部门聚餐的时候，只有一个人没收到邀请，这种行为可以被视为"隔离、排挤"。当然，还有其他类型的职权霸凌行为没有列在表格当中。如果自己感到"不舒服"，那么最好不要犹豫，马上找人沟通。

　　直到2012年时，厚生劳动省才在一次会议上整理出了这份表格。此后的5年时间里，政府没有制定明确的法律规定去预防或禁止职权霸凌，这只能说是政府工作的怠慢。如果遇到性骚扰，企业有法定义务必须采取预防措施。预防措施的内容包括：设立咨询窗口；遇到可疑事件立刻调查；适当惩戒加害者，采用重新分配岗位等方式预防事件再发，等等。如果有公司无视行政指导，不采取应对措施，那么将被公布名字以示警诫。诸如此类的措施却不适用于职权霸凌。本书截稿的2018年冬天，厚生劳动省终于明确发布了公司有义务对职权霸凌采取与性骚扰同样的预防措施的意见。我希望，由此可以进一步发展出一套决不允许职权霸凌发生的完整制度。

接下来要说，如何避免自己成为加害者。

虽然故意进行恶劣的攻击不太可能，但可怕的是，加害者本人并不认为自己在滥用职权。"职权霸凌"和"业务指导"之间的界限有时很难划清，受害人很难一直表明拒绝之意。不要擅自下定论，觉得"这点还不要紧"，而应该总是站在对方的立场上，注意自己的行为是否给对方带来痛苦。

有时自己可能不得不训斥下属。遇到这种情况，应该冷静地指明下属需要做什么。不要感情用事，放任怒气爆发出来。虽然人很难控制自己的感情，但据法人团体"日本愤怒管理协会"的安藤俊介主席介绍，有几个方法可以控制怒火。例如，发火前在心里默数6秒，或者给自己当下的愤怒程度打分。如果可以在怒火体现到语言和行动上之前先花点时间冷静一下，那么就不容易变得过于失控。

安藤先生重视的另一点在于"明确训斥的标准，并传递给下属"。比如，是否为了保证工作效率而不允许在工作中闲聊，还是为了提高团队合作而容忍一定程度上的闲聊？尽量不要根据当天的心情，随心所欲地改变训斥的标准。能做到这点的话，下属在实际受到训斥的时候，也会感到认同，从而更容易接受上司的言语。

在日常生活中也是一样，我们不应该让情绪暴走，而应该尽量学习一些控制情绪的方法。

后 记

在写这本书的过程中，我一遍又一遍地反复听歌手平井坚的《非虚构》这首歌。不论是心脑疾病引发的过劳死，还是心理疾病导致的自杀，都是死于非命。我没有办法听到死者的声音，但是幸好作为一名新闻记者，我可以申请对遗属、朋友或同事采访取材。我想利用好这点条件，靠近那些被斩断了人生道路的人。我在写作的时候希望通过书写故事，用我的方式告慰他们的在天之灵。

本书的读者中，一定也有不想失去生命的"你"，不想因为自己的离世给家人带来悲伤的"你"。被工作或公司夺走生命，这样残酷的现实就发生在我们身边。如果读者能通过本书再次感受到这一点的话，我就心满意足了。

2016年春天的时候，我决定写一本反映过劳和职权霸凌现状的书，现在已经过去将近三年。当初我觉得大概一年左右就可以完成书稿，但写出这些故事远非我想象的那么简单。在兼顾报社工作的同时撰写文稿，实际工作比我预想的更加辛苦。

一般我都在早晨上班前写作，回顾采访笔记和审判资料，规划段落布局，用键盘敲下一字一句。花上一个月左右的时间好不容易完成了一章内容，几天后自己重新再读却觉得不甚满意，又需要重写大段文字。写作就是这样反反复复的过程。再说，我作为一个有家室的人，也不能牺牲自己陪伴家人的时间。好几次我都觉得，"按照这个速度，这本书可能写不出了"。

在我快要灰心的时候，采访时遇见的遗属们振奋了我的精神。我察觉到，他们对记者描述失去至亲的感受其实是痛不欲生的。如果一定用一句话来解释他们向我敞开心扉的理由，那可能就是"希望人们了解社会实情"吧。遗属都能做到这种程度，那我更加义不容辞。带上这种想法，我虽然不得要领，但还是继续写作书稿。

更有甚者，因为遗属们深知过度工作的危害，所以他们总是非常体谅我的身体健康。"不可以熬夜工作""为了您的家人尽早回去吧"等等，我收到了很多温暖的话。他们的善意总能鼓起我的干劲，激励着我"加油，继续努力"。

本书完稿之际，我要向很多人表达谢意。如已反复提过，我尤其要感谢各位遗属。书中介绍的十几位遗属之外，我还见到了其他很多遗属，如果没有认识他们，我不会写下这本书。和这些遗属一起奋斗的律师、医生以及工会的成员们，也为我提供了很大帮助。

我还要向大众出版社的碇耕一先生和自由编辑熊本梨香女士致谢，他们耐心等待书稿，并时不时为我带来合适的建议，令人心怀感激。同时，我也要对《朝日新闻》的领导和同事表示谢忱。本书由我的新闻报道作为基础，完成那些报道也不是仅凭我一人之力。如果没有领导的指导和鼓励，以及同事的支持，我也不可能刊登那么多报道。

最后，我也想对妻子和三个儿子道谢。要是没有经历过结婚、生子，我可能也不会对过劳死和职权霸凌死亡事故的受害者及其家属如此感同身受,如此与他们同悲伤、共愤怒。

正文中已经有所提及,自我开始写作以来的这三年里,有关过劳死和职权霸凌的情况已经发生了很大变化,"改革工作方式"成了广为传播的流行语。国家也通过了限制加班时间的法律,在职权霸凌方面,也看到了有希望通过法律,让企业承担采取预防措施的责任。但另一方面,从数量上看,过劳死和心理疾病的发生数量毫无减少的迹象。我们还需要做什么,才能把失去生命的人数减少为零? 从今往后,我也会继续认真思考这个问题。

牧内昇平

2019 年 3 月

参考文献

- 汐街可奈（2017）《虽然痛苦到崩溃，却无法辞职的理由》结城裕主编，ASA出版社
- 汐街可奈的推特 "@sodium"
- 东京南部法律事务所编（2008）《劳动合同Q&A》第三版，日本评论社
- 中岛辉（2016）《光明正大的逃跑技巧》，学研Plus
- 文部科学省《教师工作实态调查》
- 厚生劳动省《脑血管疾病及缺血性心脏病等认定标准》
- 关于心脑疾病认定标准的专业研讨会（2001）《关于心脑疾病认定标准的专业研讨会报告》
- 厚生劳动省《过劳死等工伤赔偿状况》
- 佐佐木司编（2015）《夜班、轮班工作及挑战：官方问题集》，劳动科学研究所
- 厚生劳动省网站"大家的心理健康"（https://www.mhlw.go.jp/kokoro/）
- 厚生劳动省《患者调查》
- 厚生劳动省《劳动安全卫生调查》
- 2004～2006年度厚生劳动科学研究费补助金（心理健康科学研究）《关于心理健康流行病学的相关调查综合研究报告》

- 天笠崇（2016）《压力测试时代的心理健康——劳动精神科门诊室》,新日本出版社
- 高桥祥友（2006）《预防自杀》,岩波书店
- 诸富祥彦（2010）《初次咨询入门（下）——学习真正的倾听》,诚信书房
- 铃木绢英编、工藤建著并绘（2007）《一眼看懂倾听志愿》,日本广播出版协会
- 长田久雄（2008）《心心相印的"倾听"——老龄社会的沟通技巧》
- 武藤圭子（2017）《倾听从基础到实践——为了沟通顺畅》,丸善之家
- E.A.格罗曼（2011）《当我们失去挚爱亲人》新版,日野原重明校、松田敬一译,春秋社
- 关于职场霸凌问题的圆桌会议（2012）《工作组报告》

图字：09–2022–162 号

图书在版编目（CIP）数据

过劳死：这份工作比命还重要？/（日）牧内昇平
著；梅新枝译 . —上海：上海译文出版社，2023.6（2024.9 重印）
（译文纪实）
ISBN 978－7－5327－9192－7

Ⅰ.①过⋯　Ⅱ.①牧⋯②梅⋯　Ⅲ.①纪实文学－日
本－现代　Ⅳ.① I313.55

中国国家版本馆 CIP 数据核字（2023）第 073468 号

过劳死：这份工作比命还重要？
[日]牧内昇平 / 著　梅新枝 / 译
策划编辑 / 衷雅琴　责任编辑 / 张吉人　薛倩　装帧设计 / 邵旻　观止堂 _ 未氓

上海译文出版社有限公司出版、发行
网址：www.yiwen.com.cn
201101 上海市闵行区号景路 159 弄 B 座
上海新华印刷有限公司印刷

开本 890 × 1240　1/32　印张 8.75　插页 2　字数 128,000
2023 年 6 月第 1 版　2024 年 9 月第 2 次印刷
印数：8,001—9,500 册

ISBN 978－7－5327－9192－7/I · 5721
定价：52.00 元